金貸し同心

伊藤尋也

時代小説文庫

JN230862

角川春樹事務所

目次

壱「つげぐち辰輔」

一

〝つげぐち辰《たつ》ノ輔《すけ》〟なる武士がいる。

無論、あだ名だ。

本当の名は佐々木《ささき》辰ノ輔といい、歳《とし》は二十三。旗本八十石の嫡男であった。

父親は多摩《たま》の代官所の役人で、辰ノ輔もいずれ跡を継ぐ身として仕事を手伝っていたのだが、働き者な上に物覚えがよく、若さのわりには目端が利くということで所内では重宝されていた。

ただ、それゆえに余計なものを見つけてしまったのであろう。一部役人が年貢計量で不正をしているのに気づいた彼は、それを代官に注進し……結果、件《くだん》のあだ名をつけられるに至ったのである。

代官には褒められ、父の禄《ろく》もわずかながら加増となったが、当の自分はもう代官所に顔を出せず、それどころか家にも居づらくなった。

——そんな〝つげぐち辰ノ輔〟が江戸に上ったのは、夏の暑さも落ち着いた八月初め。

ちょうど遠縁の親戚《しんせき》が病に倒れたため、長男でありながら養子に出されたのだ。

天保《てんぽう》年間、徳川家慶《とくがわいえよし》公が治世のこと。南町奉行所の中庭では藍《あお》い竜胆《りんどう》が咲いていた。

「——では佐々木辰ノ輔よ、お主は本日より廻《まわ》り方《かた》の同心である」

上役与力《よりき》の差し出した十手を辰ノ輔は、

「ありがたき幸せにござります」

と、ふかぶか辞儀をしながら受け取った。

もしかすると与力は『旗本の子でありながら同心とは』と彼を憐《あわれ》んでいたかもしれぬ。表情からそれを感じた。武士の格としては、同心というのは足軽《あしがる》御家人であり旗本八十石よりうんと下。禄も段違いに低くなる。

しかし辰ノ輔の『ありがたき幸せ』という返事に嘘《うそ》偽りは無い。——代官所でしくじった自分が、再び世のため公儀のために働けるのだ。これほどありがたきことはなかった。

　まして町奉行所の廻り方同心といえば、世間からすれば花形職ではないか。

（父のはとこの進伍郎《しんごろう》殿、町奉行所の役人とは聞いていたが、廻り方同心であられたのだな）

　病に倒れたことを喜びたくはなかったが、今は感謝ばかりであった。

　受け取った新品の十手は、手元でぎらりと輝いていた。心地よくずしりと重い。

　鉄の重みにひたる辰ノ輔に、ふたたび与力が声をかける。

「ときに佐々木よ。普通、廻り方の同心というものは、十代のころから親のもとで見習い修行をするものであるのだ」

　そうであろう。廻り方に限らず、武家はどこも似たようなもの。だからこそ辰ノ輔も家督を継ぐ前から代官所で働いていたのだ。

「だが当然ながら、お主は急な養子であるため、その修行をしておらぬ。――そこで、しばらく他の同心のもとにて見習い扱いとなってもらうぞ」

「は……。これまた、ありがたき限りにございます」

　同じく嘘や偽りではない。

　多摩の田舎《いなか》育ちゆえ、江戸の道や地名もあやふやな身だ。今のままでは探索や捕り物どころか使い走りすらままならぬ。

無論、二十三歳の身で見習いとして一から物を習うことに不安はあった。与力の言う『しばらく』は、果たしてどのくらいの長さであるのか。一か月であるのか一年なのか。心穏やかではいられない。——ただ、それでも見習い修行をさせてもらえることは、心の底からありがたかった。

目の前に座る与力は、新人の輝く瞳《ひとみ》を前に、

「うむっ、よい返事だ」

と頷《うなず》いた。

「隅田川《すみだがわ》の吾妻橋《あづまばし》にな、本庄茂兵治《ほんじようもへいじ》という同心が居《お》る。十四人いる廻り方同心のうち序列は四位で、ちとクセはあるが腕利きよ。——佐々木、お主はそやつのもとで学ぶがよい」

南町奉行所から吾妻橋までおよそ二里（約六粁《キロメートル》）。

距離こそあるが道自体は難しくない。川沿いの土手道をまっすぐ歩けば一番奥にあるのが吾妻橋。田舎者でも迷わず辿《たど》り着けるというものだった。

空は晴れ渡り、秋の爽《さわ》やかな風が吹く。道ばたにはところどころに奉行所の庭と同じく竜胆の花が咲いていた。

腰には授かったばかりのぴかぴか十手。晴れがましくもあり、やや照れ臭くもある。一歩歩くたび辰ノ輔の心は弾んだ。

聞くところによれば吾妻橋は交通の要衝であるだけでなく、治安の要衝でもあるという。——川の西岸は浅草《あさくさ》の花街、東岸は本所《ほんじょ》の貧乏街。がらの悪いふたつの土地をつなぐ橋だ。

そんな縄張りを任される同心は、与力の言うように腕利きであるに違いない。(それほどの先達《せんだつ》に師事できるなら、むしろ見習いで運がよかったかもしれぬ)

川沿いを歩いていると、やがて正面に巨大な橋が見えてきた。

これが吾妻橋。

長さ八十四間(約百五十米《メートル》)、幅四間強(約八米)という大橋梁《だいきょうりょう》だ。造作としての規模はちょっとした城郭にも匹敵しよう。

多摩育ちの辰ノ輔だが、江戸には何度か足を運んでいたため吾妻橋を見るのは初めてではない。今さらその大きさにはしゃぐことなどなかったが、それでも胸が弾んで仕方なかった。足も自然と小走りになる。

あの橋に、己の師となる腕利き同心がいるのだ。

このような大橋梁には、両岸に番屋が設けてあるものだった。罪人の行き来や、橋上での掏摸《すり》、辻盗人《つじぬすっと》、あるいは橋そのものへの火付けを取り締まるため、さらには通行料を集めるためのものである。

川の西沿いを歩いてきた辰ノ輔は、西岸浅草側の番屋を訪ねた。

「邪魔をする。本日より南町の十手を預かる佐々木である。以後よしなに」

障子戸《しょうじど》を開け、番太たちの前でそう名乗る。

やや横柄ではなかったろうか？　それとも逆に、腰が低すぎはしなかったろうか？　番屋の者たちとは長い付き合いになろうゆえ、どう接すればいいのか気を遣《つか》う。

真っ先に挨拶《あいさつ》を返したのは、一番奥に座っていた痩《や》せぎすの五十男であった。

「これは新任の旦那《だんな》様、お奉行所よりお話は聞いておりやす。あたくし、番太頭の末《すえ》蔵《ぞう》と申す者。お見知りおきくだせえやし」

頭の下げ方に品がある。――番太といえば腕っぷし自慢の荒っぽい町人男という印象を持っていたが、この末蔵はどちらかといえば大店《おおだな》の番頭のよう。手足は棒切れのように細長く、盗人を追いかけて取っ組み合いができるようには見えなかった。

「うむ末蔵、名は憶《おぼ》えたぞ。ときに同心の本庄茂兵治殿は今、どちらかな？　本庄殿のもとでいろいろ教わるよう言われておるのだが」

「はい。ぜにもへ様……いえ茂兵治様は御橋の上でごぜえやす」

「橋の上？」

「ええ。あの旦那の縄張りは御橋の上でごぜえやすので、大抵はあちらの方に。——あたくしがご案内いたしやしょう」

辰ノ輔はてっきり、本庄茂兵治は橋周辺の一帯が受け持ちなのかと思っていたが、この細長い番太頭の口ぶりによると、どうやら橋の上のみであるらしい。

(ずいぶんと狭い縄張りなのだな？)

腕利きの廻り方同心ならば、もっと広い範囲を任されて然るべきであろうに。ずっと橋の上に居ながら、果たしてどのような手柄で序列を上げてきたのか。まさか、あの上役与力にかつがれたのではあるまいな？　そんな疑いすら胸の内に芽生えていたが——、

「混んでおりやすので、お気をつけくだせえやし」

「うむ」

番太頭に連れられて橋を渡るうち、疑念はどこへやらと消し飛んだ。

なるほど混雑している。にぎわっていた。まるで祭りの市ではないか。これほど人

の出が多いとは。

しかも通行する者たちだけで混んでいるわけではない。幅四間ちょっとの橋の上で
は、あちこちで物売りたちが莫蓙《ござ》一枚の露店を開き、食い物や小物、読み古しの絵双《えぞう》紙《し》などを売っていたのだ。

他にも荷物持ちや馬糞《ばふん》拾いといった小間使い業に、物乞《ものご》い、芸人らしき者まで。おまけに浅草と本所の間というがらの悪い土地柄もあって、やれ『肩がぶつかった』だの、やれ『目つきが生意気』だのと、あちこちで喧嘩《けんか》が起きていた。

「よく掏摸やかっぱらいが出やすので、旦那もお気をつけくだせえまし」

「わかった、気をつけよう。いつもこれほどの人出であるのか？」

「それはもう。朝一番で混んでいるときは、こんなものじゃございやせん」

さすがは名だたる吾妻橋。

この橋の上は、もはやひとつの町であり、繁盛する大通りであったのだ。

「ときに旦那、ご無礼ながら……。お顔の方、お気を配られた方がよろしいかと」

「顔？　拙者の顔がどうした？」

「気合いが入りすぎでござえやす。特に目つき。それでは橋を通る者たちを怖がらせてしめえやすし、掏摸どもにも余計な気づきを与えやしょう」

言われて、辰ノ輔ははっとなる。たしかに力を入れすぎていた。

「そうか。これでは同心丸出しであったか」

眼光鋭く歩いていては、掏摸やかっぱらいに同心だと気取られ、逃げられてしまう。そういった意味かと思ったものの――。

「いえ、同心丸出しというよりも……。普通、同心の旦那がたは御役目の際、そんなに張り切ったお顔をなされぬもの。――そのお顔では、掏摸どもに『不慣れな新米同心がいるぞ』と舐《な》められてしめえやす」

「む、そうか……」

つまりは同心丸出しでなく、新米丸出しということであった。

「他の旦那がたのように、もっとくたびれたお顔をなせえやし。なんでも同心の皆様がたの間では『数寄屋橋門内《すきやばしもん》（南町奉行所）で張り切っているのは障子紙だけ』などと申されるそうで」

この番太頭の末蔵、物腰は丁寧なくせに、言っていることは辛辣《しんらつ》だ。辰ノ輔の面相を窘《たしな》めつつ、他の同心たちの顔の緩みや気の緩みを責めていた。

『張り切っているのは障子紙だけ』というのは、つまり他の者たちは張り切って働いていないということらしい。

ふたりは人ごみを掻《か》き分けながら歩き続け、やがて橋の真ん中近くに差しかかったあたりで……、

「――オウッ待ちなァ！　テメエ、利子も払わず素通りする気かい！」

耳をつんざく怒鳴り声。

その大轟音《だいごうおん》は、雷鳴あるいは火山がごとし。気のせいであろうが一瞬、橋がぐらりと揺れた気がした。それまで煩《わずら》わしかった物売りや喧嘩の声も、すっかり気圧《けお》され、静まり返る。

（利子？　では、銭の貸し借りでの揉《も》めごとか……。それにしても、やたら大きな声ではないか）

目をやれば、五、六間（約九〜十米）ほど離れた先に一人の男が立っていた。

目立つ姿の男であった。年のころなら三十手前。六尺（約百八十糎《センチメートル》）近くもある長身で、顔といい腕といい肌は日に焼けて真っ赤っか。

柄ものの着物を着流していたが、どこでそんな悪趣味な生地が売られているのか。

図柄は『まさかりで赤鬼の頭を叩《たた》き割る金太郎《きんたろう》』。――血しぶきや傷口は精緻《せいち》に描か

れ、子供が目にしたら泣き出してしまうに違いない。

　頭は月代《さかやき》を剃《そ》らぬ総髪で、伸び放題のくせっ毛を後ろで適当にまとめただけ。ただ、これは横着でなく洒落《しゃれ》っ気ゆえの髪型であろう。元結《もとゆい》には女物の飾りかんざしを三本もまとめて差していた。

　この異装、堅気であるまい。

　まるで元禄《げんろく》前の書物に出てくる町奴《まちやっこ》や旗本奴《はたもとやっこ》。——腰の大小二刀を見るに、おそらく旗本奴の方だ。体格も、幼いころから武芸を習わされた武士特有のそれである。

　それと、なぜか小脇《こわき》には小ぶりの甕《かめ》を抱えていた。

「銭がよォ、泣いてンぜェ。『もへ殿ンところに帰りてぇ』ってな。——なのにテメエ、カラスがカァと鳴く朝一番で返しに来ねぇどころか、手ぬぐいで顔を隠してコソコソ通り過ぎようとしやがるたァ！　いってえ、どういった了見だコラァッ⁉」

　金太郎柄の男が凄《すご》むと、相手の棒手振《ぼてふ》りの青物売りは「ひいっ」と叫んで震え上がる。よくは見えぬが小便も漏らしていたかもしれぬ。

「す……すいやせん旦那、夕方には必ず！」

「本当かァ？　また逃げンじゃねえだろォな？」

「ほんとでさァ！　死ぬ気で商品売り切りやすンで！」

青物売りは深々頭を下げると、青ざめた顔で逃げていく。

その際、見ていた辰ノ輔と肩がぶつかり、菜っ葉をひと束落としていった。

「……騒々しいことだな。なんなのだ？」

傍らにいる番太頭の末蔵に訊《たず》ねると、

「なに、いつものことでごぜえやす。金貸しというものは『貸すまでは猫撫《ねこな》で声、貸したあとは怒鳴り声』などと申しやすので」

との返事。あの派手な旗本奴が金貸しならば甕の中身は銭であろう。雑踏でよく聞こえぬが、男が身動きするたびにジャラジャラと鳴っている気がした。

昨今、世には違法の高利貸しが横行しているという。あの異装の武士もそれであったか。声の大きさと腰の二刀で脅かして、町人から暴利を貪《むさぼ》っているらしい。

（捕らえて、初の手柄としてくれようか）

少なくとも、なにか一言申してやらねば。――そう思い、口を開こうとした、まさにそのとき。

「――オウッ、そこの二本差しィ！」

向こうから先に、辰ノ輔へと声をかけてきた。件の火山の噴火がごとき怒声でだ。

「む？　拙者でござるか？」

「たりめぇだ、他にいねぇだろが。さっきの青物売り、おめぇの足元に菜っ葉を落としやがったろ？　チョイと持ってきてくンな」

「この菜っ葉でござるか？」

「オウ。貸した銭の利息がわりだ。俺《おれ》がもらっといてやらァ」

わざわざ他人に持って来させようとするのは気に食わぬが、さっさと誰《だれ》かが拾わねば、この人ごみの中で踏まれてしまうだけであろう。

多摩では目に映る景色のほとんどは田畑で、自分も庭の畑を耕していた。野菜を駄目にするのは我慢ならぬ。辰ノ輔は眉根《まゆね》を寄せつつも言われるままに菜っ葉を拾う。

そして、ついでに今度こそ物申してやるべく、男に向かって歩み寄るが――、

「あの、佐々木の旦那……」

また邪魔された。今度は番太頭の末蔵にだ。

「どうした末蔵？」

「ちゃんと先に申し上げなかったあたくしが悪ゥございやした。――こちらのお方でござえやす」

「……？　なにがか？」

なにが『こちらのお方』というのか。――いや、聞き返しはしたものの本当は察し

がついていた。前後の話の流れから、そのくらいはわかるというものだ。

「こちらのお方が、本庄の旦那でございます」

「なんと⁉」

やはりか。よく見れば帯には赤錆《あかさび》の浮いた十手が差さっていた。

この男こそが本庄茂兵治。

赤鬼金太郎柄の金貸しが、例の腕利き同心であったのだ。

(言われてみれば、己のことを『もへ殿』と呼んでいた。あれは茂兵治のもへであったのか)

男は、日に焼けた真っ赤な顔をこちらへ向けて、

――にいいっ
と、白い歯を見せつけて笑いかけてきた。その面相は、まるで人喰《ひとく》いの赤鬼が獲物《えもの》を前に牙《きば》を剝《む》いているかのごとし。着物の柄なら退治される側の面相だ。

「テメエ、その張り切った障子紙顔、さては新米の同心だな？ ちょうどそろそろ真昼の九つ(正午)だ。飯でも食いに行こうじゃねェか」

歩き出すと、小脇に抱えた甕がまたジャラジャラと音を鳴らした。

二

「そうかい、佐々木のオッサンの養子かい」

「はい。本日、十手を授かりました」

連れ立って橋を歩きながら、辰ノ輔はこの金太郎柄の赤鬼同心のことを考える。

（本庄茂兵治殿、人相のみで拙者を新米同心と見抜くとは……。さすがは腕利きといったところか）

――と思ったが、よく考えてみれば腰にぴかぴかの新品十手を差していた。だれでも察しがつくというものだ。

（いや、そもそも奉行所から『本日、新人の同心が行く』と報せ《しら》が来ているはずではないか。末蔵がそう言っていたはず。――それとも、まさかこの御仁、奉行所からの報せに目を通していないとでも？）

この男、どうにも気になることばかりであった。

当の赤鬼は、これから飯を食うというのに、歩きながら先ほどの菜っ葉をムシャムシャと齧《かじ》っていた。生のまま、塩も振らず、土をはたき落としもせずにだ。

「おっと、その本庄殿ってなァ無しだ。俺《おり》ゃあ己の姓があんま好きじゃねぇンでな。茂兵治殿と名で呼びな。俺もタツスケと呼ぶからよォ」

「いえ、拙者は……」

タツスケでなく辰ノ輔……そう正そうとした、ちょうどそのとき。

「タツスケ、着いたぜ。この店よ」

「店……？　なんと、こんなところに？」

ちょうど目的の店へと着いたため、名の間違いを訂《ただ》しそびれてしまった。

一同は、まだ橋の上。東の本所側に渡り切る、ほんの少し手前のあたり。

なのに煮売り料理の屋台が、ぷうん、と醬油《しょうゆ》で魚介を煮詰める磯臭《いそくさ》い香りを漂わせていたのだ。

おまけに酒の臭《にお》いもだ。真っ昼間というのに、すでに何人かが一杯やっていた。

「橋の上じゃあ一番高ぇ店だ。今の時期はアサリと里芋の煮物がうめえ」

なるほど。この磯臭さはアサリであったか。

（屋台とはいえ、まさか橋に飲み屋があるとは……）

店に使っている幅はせいぜい一間（約二米）足らずであったものの、近くを通る者たちは着物や荷物に匂《にお》いがつかぬよう、うんと避《よ》けて歩いていた。

おかげで屋台の前後に人詰まりができている。もしかすると橋がこれほど混雑しているのは、ここの煮物のせいかもしれぬ。迷惑な話であった。

茂兵治は店先の床机《しょうぎ》に腰かけるや、店主の親爺《おやじ》に、

「煮物を三人前。それと酒の高ぇ方を持ってきてくんな」

と注文する。この男も昼から飲む気であるらしい。しかも、それだけでなく――、

「そンでタツスケと末蔵、おめえらはなにを頼む?」

今頼んだのは自分の分だけであるという。ひとりで煮物三人前を食う気のようだ。

番太頭の末蔵が「あたくしは煮物と飯を一杯ずつ」と頼むので、辰ノ輔も倣《なら》って「拙者も同じく」と親爺に告げた。――正直、腹は減っていない。貧乏暮らしゆえに普段から小食の癖がついており、おまけに初仕事で胸がいっぱいであるのだ。

だが、そんな後輩同心の姿を、赤鬼同心はげらげらと笑い飛ばす。

「末蔵はともかくタツスケよォ、おめえはもっと食いやがれ。同心なンだからよ、いつも鱈腹《たらふく》食わねえといけねえや」

「そういうものですか。やはり体を使うからで?」

御役目中に腹を空《す》かせてへばらぬように――という理由かと思ったが、そういうこ

とではないらしい。ちょうど親爺が煮物を持ってきたので、茂兵治は里芋を口いっぱいに頬張《ほおば》りながら返事をした。

「いンや。男ってなァ、いっぺえ喰《ふ》らう野郎の方が人に好《ひ》かれるモンだか《ほ》らよォ」

そして酒でごくりと流し込んだのちに、また続ける。

「やっぱ愛嬌《あいきよう》がなきゃあよォ。同心は嫌われてちゃ仕事になンねえ」

「なるほど……」

わかるようなわからぬような話であったが含蓄《がんちく》深いかもしれぬ。

実際、辰ノ輔には粗暴で胡散臭《うさんくさ》いこの男が、ただ里芋を頬張《ほほ》っているというだけでどことなく愛嬌があるように思えていた。

（……摑《つか》みどころのない御仁であるな）

この本庄茂兵治という男、上役与力の言うように、やはり腕利きの廻り方同心なのであろうか。それとも見た目のままのごろつきか。

煮物を一切れ摘まんで口に入れると、舌いっぱいに貝と醬油の風味が広がる。濃いめの味だ。本当ならば酒が欲しい。——思い切って、直接問うてみることにした。

「茂兵治殿に、お訊ねしたきことが」

「なンでぇ？」

まずは一番の疑問から。

「茂兵治殿は、金貸しなのですか？」

もし、そうであらば捨ててはおけぬ。新米の見習い扱いとはいえ、辰ノ輔も同心の端くれ。もぐりの金貸しは取り締まらねばならぬ。

まして町奉行所の同心がそのような悪事に手を染めるなど許されざることであった。

だが、この問いに茂兵治は――、

「オウともさ。青物売りとのやり取り、見てたろォが」

と、あまりにあっけらかんとした答え。この軽さ、罪を罪とも思っておらぬのか。

悪びれるどころか、どこか得意げに話を続けた。

「ま、俺も吾妻橋じゃ、ちょっとした顔でよォ。金貸しの〝銭もへ〟といやァ、橋を使うヤツならだれでも知ってらァ」

「銭もへ、ですか？」

そういえば、番太頭の末蔵もその呼び名を一度、口にしていた。

決して恰好《かっこう》のよいあだ名でないが、もし本当にそう呼ばれているならば……。

（……この男、木っ端の金貸しではないな）

本庄茂兵治は真っ赤な肌をした背高《せいたか》で、着物は悪趣味、髪型は奇矯《ききょう》。おまけに十手を帯に差しているのを見るに、廻り方同心であるのを隠していない。

どこもかしこも、やたら目立つ点だらけ。

──なのに、通り名は〝銭もへ〟だという。

普通ではない。肌より、背丈より、着物より、同心であることよりも〝銭〟で名前が知られているというのだ。

同心として腕利きかどうかはまだわからぬが、銭を扱う者として腕利きでなくば、呼ばれるはずのない名であろう。

(拙者のような新米同心の手に負える相手でないかもしれぬ)

辰ノ輔の背筋が、ぶるりと震えた。

一方で茂兵治は、煮物をさらに三人前と、酒の四杯目を追加で頼む。

「ときにタツスケ、おめえの実家、役人か？　いかにも役人の倅《せがれ》ってツラをしてやがるがよ」

「は、ご明察の通りで……」

いかにも役人の倅という顔とは、どのような面相なのか？　真面目《まじめ》で面白味が無さそうという意味か？　──ただ不愉快ながら、役人の倅であるのも、真面目で面白味が無い性分なのも、言い逃れのできぬ大当たりであった。

「けど、江戸の役人じゃねぇだろ?」

「これまた、ご明察……。多摩の代官所務めです。なにゆえお察しで?」

やはり腕利き同心だから人相のみでわかるとでも? 辰ノ輔はこの男のことを見直しかけたが、見抜いたのは別の理由によるものだった。

「飲み屋で余裕ぶっこいてやがるからさ。知らねえみてぇだから今さらながら教えてやるが――」

「なんでしょう?」

「初顔合わせからしばらくは、飲み食いは新米の奢《おご》りだかンな」

「はぁ!?」

「江戸じゃそうなンだよ。昔から。こりゃあ町奉行所だけでなく江戸の役人ぜんぶの慣習《ならい》だ。――特におめえは見習い扱いで俺に教えを乞う身だろォが。飯や酒くれぇ馳《ち》走《そう》して当たりめぇだと思わねぇかい」

「いや、それは……」

そのような慣習《ならい》があったとは。多摩では割り勘か、むしろ先達が新顔に奢るものであったのに。

ふと横の末蔵へと目をやると、痩せぎすの番太頭は、こくり、と申し訳なさそうに頷いた。どうやら嘘ではないらしい。

さすがに参った。不意討ちだ。この金太郎柄の不逞《ふてい》同心、他人の奢りと思って高い屋台でばかすか飲み食いをしていたのだ。

「親爺ィ、高ぇ方の酒、もう一杯くンな」

「お……お待ちを、茂兵治殿！　急に申されても拙者、持ち合わせが……‼」

もと旗本の倅とはいえ今の時勢、半端な侍こそが最も銭金《ぜにかね》からは縁遠い。しかも自分は実家から追い出されるように養子に来た身だ。銭など、ほとんど持ち歩いていなかった。

狼狽《ろうばい》する新米へ、茂兵治は例の赤鬼の笑みをニンマリ浮かべる——。

「銭なら〝銭もへ〟が貸してやっぜェ！」

辰ノ輔は理解した。

（……なるほど、〝銭もへ〟と呼ばれるわけよ）

この男、どうやら銭へのがめつさゆえに、その名で呼ばれていたらしい。

三

旬《しゅん》のアサリの煮物を食っても、辰ノ輔には苦虫の味しかしなかった。

「ウチはカラスのヒャクイチでやってっからよォ」

カラスというのは『烏金《からすがね》』のことであろう。金の貸し方のひとつだ。銭を借り、翌朝になって烏がカアと鳴くと利子がつく。——烏のカアは喩《たと》えだが、ともあれ一日ごとに利子がつく仕組みである。

「本当はよォ、カラスで借りた銭は、次の日すぐに返すもンなのさ。けど返せねえなら、もう一日借りたってぇことにして、また利子がつくってワケよ」

茂兵治は白い歯を剝《む》き出しにしながら丁寧に教えてくれた。実のところ辰ノ輔とてそのくらいは知っている。多摩の田舎にも金貸しはいたし、八十石取りの旗本の家でも金を借りることくらいはあった。借金は身近なものであったのだ。

なので、気がかりはむしろ貸し方よりも——、

「それで茂兵治殿、利息の方はおいくらで？」

いくら利子を取られるか、であった。

もともと借金の金利というものは年に一割八分が相場である。

だが昨今は、世に言う〝天保の改革〟の一環として、老中水野越前守忠邦《みずのえちぜんのかみただくに》より直々に『年利は一割二分に下げよ』という御触れが発せられていた。——これは本来、札差が武士に金を貸す際の金利について定めたもの。ただし、武士同士や商人同士の貸し借りや、あるいは町人や百姓に貸す際にも、なるべく同様に一割二分とするよう添え書きがされていた。

（この〝銭もへ〟殿はがめつそうであるから、一割八分の方で取るかもしれぬ）

だまし討ちで奢らされただけでも不愉快なのに、利子まで取られることになるとは。

しかも、下手《へた》をすると相場よりも六分増し。

なんとも釈然とせぬ心持ちであったが……、

「あァ？　だからヒャクイチだって言ってンだろ。一日で百が一（百分の一）だよ」

「一日で百が一⁉　一日一分ということですか？」

六分増しどころではなかった。

まさか、これほどまでの高利とは。

「どうでぇ、安《やし》ぃだろォ？　百文借りたら利子はたった一日一文だ」

「なにを申されます！　まさしく法外の暴利ではありませぬか！」

一日で百が一なら、十日で一割。百日で十割。

一年は三百五十四日（太陰暦）であるから、年利に直せば百が三百五十四で、三十五割四分。元金の三倍半以上となる。

（この茂兵治殿、ただの金貸しではなく高利貸し……それも、とんでもない悪徳高利貸しではないか！）

けしからん。御触《おふ》れを守らせるべき町奉行所の同心でありながら、そのような悪事に手を染めるとは。――まして、この〝天保の改革〟の世である。千代田のお城で絶対的な権勢を誇る老中水野忠邦を、この男は怖くないというのか。

「そのような高利、今は禁じられておりますぞ。ご存知ありませぬか？」

辰ノ輔がそう問うと、茂兵治は例の白い歯を剝く赤鬼笑い。

「へへ。だからこそのカラスじゃねえか。ご老中水野越前守サマの決めた〝越前利息〟は百が十二の一割二分だが、この俺の〝銭もへ利息〟は百が一。――どっちが安《やし》いか一目瞭然てぇもンだ。ただ客が次の日に返せねぇと、一日経つたんびに借り直しになり、日ごとに百が一ずつ増えてくだけよ」

「そんな頓智《とんち》で御触れから逃れられるとでも⁉」

子供の言い訳ではあるまいし。だが当の茂兵治は、

「もし逃れられねぇというならよォ――」

と高い酒をもう一杯あおったのちに、また笑う。

「だれが俺をお縄にするってェ言うンだい？」

町奉行所の同心か？　だが、この悪徳金貸しこそが、その同心であったのだ。

「それは……」

「だれも居ねえだろォが？　わかったら、おめえは早めに銭を返《けえ》すンだな」

屋台の飲み代は、端数を負けてもらってちょうど二朱。

銅銭でなら五百文。――カラスのヒャクイチで、すぐに五文の利子がつく。

百日後には倍になる。


一同は、橋を西の浅草側へと引き返す。ただでさえ日焼けで赤い茂兵治の顔は、酒で一層赤黒い。――やがて赤鬼金太郎同心は、長さ八十四間の橋のちょうど真ん中あたりで足を止めた。

辰ノ輔が、この異装の金貸し同心と最初に出会った場所である。

この男、いつもここに陣取っているのであろうか。橋の隅にはほつれだらけの莫蓙が敷かれ、あたりには鼻をかんだ紙屑《かみくず》だの、田楽《でんがく》を食った串《くし》だのが散らばっていた。

――留守にしていたにもかかわらず、他の物売りや芸人に場所を横取りされていない。吾妻橋で商売する者たちは、ここが〝銭もへ〟の巣と知って、避けていたのかもしれぬ。

「茂兵治殿、この後はなにをなさるので？」

橋の上の見廻りか？　それとも岸に渡って、町や河原で捕り物か？

吾妻橋の西岸は浅草、東岸は本所と、いずれもがらの悪さで知られた町だ。ぐるりと回れば盗人のひとりも捕まえ、初手柄を立てられるかもしれぬ。だというのに――。

「いンや、別になにもねえよ。おめえは奉行所に帰《けえ》ってな」

そう答えて、茣蓙にごろりと転がった。

「帰れ、ですと？　お戯れを。拙者、仕事を習いに来たのですぞ」

上役与力に命ぜられ、腕利き同心である本庄茂兵治のもとへ見習いに来たのだ。働きぶりを見せてもらわねば困る。わざわざ酒を奢りに来たわけではない。

「知ンねぇよ。俺ンとこなんか来ても習うことなんざァなんもねぇってンだ。ろくに仕事をしてねぇからよ。――わかったらさっさと帰《けえ》れ。俺ゃあ寝る！」

茂兵治は勝手なことをさんざんまくし立てるや、そのまま銭甕を枕《まくら》にし、本当に眠ってしまった。ぎょろりとした双眸《そうぼう》を閉じ、ほんの十も数える前に、ぐうすかという鼾《いびき》が轟《とどろ》く。

普段から雷鳴のごとき大声であるからか、やはり鼾も雷鳴のごとし。浅草や本所まで届きそうなほどであった。

「茂兵治殿？　なんだ、いきなり寝てしまって……。この御仁、酒に弱いのか？」

辰ノ輔があきれながら、傍らの番太頭に訊ねると、

「いえ。茂兵治の旦那は、昼になったらいつもこの調子で寝なさるのです」

との返事。冗談ではないらしい。真顔で、ぴくりとも笑っていない。

「寝るだと？　真っ昼間に……それも御役目中にか？　どういうことだ？」

「この旦那にとっては、昼が一番お暇でやすから。——銭を借りる客というものは、大抵が朝か夕刻に来るものなんで」

朝は、仕入れ代の足りない物売りや新しい道具が入り用になった職人が、仕事の前に借りに来る。そんな朝客を捌《さば》き終えると夕方まですることがなくなるため、退屈で寝てしまうとのことであった。

「なんだと？　見廻りも机仕事もせず、客が来ないから寝るというのか？　それでは、この御仁の本職は同心ではなく金貸しの方ではないか」

さすがに莫迦莫迦《ばかばか》しくなってきた。本人も言っていたように、この男のところで習うことなどなにもあるまい。

「わかった、もうよい。末蔵よ、拙者は奉行所に戻るぞ」

「へえ。それがよろしいでやしょう」

『帰《けえ》れ』とまで言われたのだ。いつまでも橋の上にいる道理は無かった。

四

隅田川の吾妻橋から南町奉行所までは二里足らず。

日に何度も歩きたい距離ではなかったが、脚に怒りが籠《こ》もっていたのか、不思議と疲れは感じない。早足にて半刻《はんとき》ほどで着くことができた。

足の土埃《つちぼこり》も落とさぬまま、佐々木辰ノ輔は上役与力の部屋を訪ねる。

「佐々木にござります。お耳に入れたき件が」

彼に吾妻橋へ行くよう命じた与力は、新米同心が早くも帰って来たのを見て、

「どうした、急に⁉」

と目を丸くして驚いていた。

廻り方を受け持つこの与力、名を池田《いけだ》長次郎《ちょうじろう》と言い、歳は今年で四十二。この人物、驚いたり、感心したりという面相や仕草が、ほんの少しずつ大袈裟《おおげさ》である。実を言えば辰ノ輔は、朝からずっと気になっていた。

たとえば新米の彼が元気よく返事をした際、『うむっ、よい返事だ』と頷いていたが、その頷きが普通よりもわずかに深い。ほんの半寸、下すぎる。

『旗本の嫡男であったのに同心になるとは気の毒に』と憐れむ際には、ほんの楊枝《ようじ》一本分、眉の下げ方が低すぎたし、眉根の寄せ方が狭すぎた。今も目の見開き方が、わずかに瞼《まぶた》を開きすぎている。その幅、厚めの紙一枚分ほど。

いずれも些少《さしょう》に過ぎぬとはいえ、毎度少しずつ違和を覚えた。——きっと、あえてのことであろう。今、自分がどのような心持ちであるのかを相手に間違いなく伝えられるよう、あるいは『勘違いした』と素っ恍《とぼ》けて勝手なことをされぬよう、わざと芝居がかった顔や仕草をしていたのだ。多摩の代官所でも似たような面相をする役人を見たことがある。

「それで佐々木、どうしたのだ？」

「は。茂兵治殿……いや本庄殿のことにございます」

「本庄だと？　では、お主——」

与力の池田は、ぴくり、と右眉のみを動かした。やはり楊枝一本分の幅、上すぎる。

ただ、それよりも、

「告げ口に戻ってきたというわけか？」

この一言で、そんな違和どころではなくなった。

辰ノ輔は、心魂を刀でばっさり斬《き》られたような痛みを感じた。

（いかん、またやってしまったか……）

そうか。たしかに告げ口か。——告げ口で代官所に居られなくなった身でありながら、また同じ過ちを町奉行所でもするところであった。

無論、正しき行いではある。本庄茂兵治のように出鱈目な悪徳同心と出会った以上、捨て置く方が間違っていよう。

（だが年貢の不正を報せたときも、正しいと信じてのことだったではないか……）

総身から血の気が引いていく。今、彼の顔はまるで青ざめた幽鬼であった。

「池田様、ご無礼を……。拙者、吾妻橋に戻ります。どうかお忘れくださいませ」

「待つのだ、佐々木。どこへ行く？　私は、告げ口が悪いこととは言っておらぬぞ」

「いいから、そこに座れ。そして私に見たものすべてを語るがよい。――私はな、お主が多摩の代官所でなにをしたのか知っておる。与力ならば当然事前に調べることであるからな」

やはりであったか。与力の池田は、辰ノ輔が〝つげぐち辰ノ輔〟と呼ばれていたことを知っていた。だから先ほどは、あえて『告げ口』という言葉を使ったのだ。

「よく聞け。代官所では知らぬが、町奉行所においては告げ口は決して悪事ではない。――いや、多摩代官所でも同じだ。お主は少しも悪くなかった」

「……と申されますと？」

「お主は有能ゆえに多くの仕事を任された。そして、やはり有能ゆえに不正に気づくことができたのだ。――その上、知った不正を代官へ報せたのは、善なる心があってこそ。公儀への忠、悪徳を許さぬ義、自らを偽らぬ誠。いずれも見事。お主、佐々木辰ノ輔こそ真の武士。侍の鑑《かがみ》である。〝つげぐち辰ノ輔〟の名を誇るがよい」

「は……」

泣きそうであった。代官に年貢計量の一件を告発して以来、褒められたことなど滅多に無かった。なのにこの与力は、これほどまでに自分の欲しい言葉をくれる――。

「いえ、ですが……」

芝居がかった顔をする男の言葉だ。どうせ心からのものではあるまい。これも芝居に決まっていよう。だが、それでも辰ノ輔にとっては心に沁《し》み入るようであった。

「難しく考えることなどないのだ。そもそも堅物の同心など南北奉行所の廻り方には珍しくもない。――そやつらはたとえば、頭が固いから〝がん鉄〟、すぐ怒鳴るから〝雷公〟、口うるさいから〝しゅうとめ〟などという二つ名で呼ばれておる。そこに〝つげぐち〟が増えただけよ」

「は、ありがたや……」

本来はそこまで嬉《うれ》しがるような話でないのかもしれぬが、今は心からありがたかった。――そんな彼に、与力はずいと身を乗り出す。

「それで〝つげぐち辰ノ輔〟よ。こたびはなにを告げ口に来た？」

辰ノ輔は、見てきたものをすべて語った。

〝銭もへ〟本庄茂兵治が、暴利の高利貸しをしていること。

その無法ぶり。怠けぶり。ろくに廻り方同心として働いていないこと。

話を聞いた与力の池田は、腕を組みつつ、うむむ、と唸《うな》る。

「なるほど、そうであったか……」

やはり芝居がかった仕草であった。腕の組み方も箸《はし》一本分の幅ほど肘《ひじ》の位置が高く、唸り声も一拍長い。

「実を言えばな、本庄が金貸しを営んでいるという噂《うわさ》は、もとより私の耳にも入っていたのだ」

「そうでございましたか」

「うむ。だが、よもや、これほどまでに堂々と商売をしているとはな」

与力の池田はまた、うむむ。

「池田様、いかがいたしましょうか？」

「難しいところよ。同心でありながら高利貸しとはけしからんが、それだけでは大きな罪に問うことはできぬ。叱《しか》って終わりでは、また目を盗んで同じことを繰り返すだけであろう。──まして、本庄は同心であるからな」

廻り方同心を軽々しくお縄にするわけにはいかぬ。公儀と町奉行所の面目というものがある。町人たちの不信を煽《あお》りたくない。

また、他の同心たちも『仲間を罪に問うとは、与力の池田め許しがたし』と反感を示すようになるかもしれぬ。

「なにか決め手が欲しいものよ。本庄がだれもが納得できるくらい大きな罪を犯しているという証拠が。――さもなくば、本庄はさしたる罪を犯していないので捨て置いてもかまわぬと、私が納得できるだけの証拠が」

池田はまたも、うむむ、と唸りながら考え込んだのち――、

「そうだ！」

ぽん、と大げさに手を打った。寄席《よせ》の噺家《はなしか》のするような仕草であった。

「佐々木よ、お主だ。ちょうどよい。お主が見習いとして仕事を習いつつ、あやつのことを見張るのだ。――他の同心たちと違い、新人のお主は本庄に対して恩や恨みといった因縁《いんねん》が無い。公正にやつの罪を見極められよう。やってくれるか？」

見てわかる。これも芝居だ。小芝居だ。

今思いついたような顔で口にしていたが、本当は最初からの思惑に違いあるまい。

（つまりは密偵ということか……。もともと、そのために茂兵治殿のもとへ拙者を見習いに遣《や》ったのであろうな）

池田の言うように辰ノ輔は新人であるがゆえ、恩義で隠し立てをすることもなく、逆に恨みつらみで嘘を並べ立てることもないはず。

また、それよりなにより、この佐々木辰ノ輔は『仲間の不正を告げ口するような

男』であった。師である見習い先の同心であろうと、必ず密告してくれるはず。まさしく密偵に最適の男だ。

その程度の魂胆、辰ノ輔とて見透かせぬわけではなかったが――、

「……お任せくだされ」

褒められて気分が浮かれていたこともあり、つい引き受けてしまった。

どうせ、することは同じだ。もとより告げ口する気であった。あの高利貸しの赤鬼同心は、だれかが退治せねばならぬのだ。

五

町奉行所の中でも廻り方は花形の部署である。――これは同心だけでなく与力も同じだ。そのため廻り方を受け持つ与力は、特に優秀な者が選ばれる。

頭脳明晰《めいせき》かつ気が回り、上の者には可愛《かわい》がられつつ意見を通し、下の者に対しては硬軟取り交ぜた手管《てくだ》を用いて自在に操る。

そんな役人として高度な技量の持ち主でなくは務まらぬ。

与力の池田長次郎は、まさしくそのような男であった。先ほど辰ノ輔に見せたのは

『硬軟取り交ぜた手管』のうちの『軟』の方。

　本来なら、あまり心を許さぬ方がいい手合いだ。

（とはいえ拙者の告げ口が世間や御公儀のためになるというなら、むしろ喜ぶべきことであろう……）

　胸の内でそう繰り返し、自分自身に言い聞かせた。

　――ともあれ彼は、またも隅田川の吾妻橋へと向かう。

　二里の道を行ったり来たりだ。本日二往復目。最初の一往復より足取りは重い。

　橋に着いたころには、すでに夕七つ（午後四時）を回っていた。

「おや、佐々木の旦那、またおいででございやすか」

　浅草側の番屋を訪ねると、番太頭の末蔵が丁寧な会釈で出迎える。

「うむ……。一時の癇癪《かんしゃく》で帰りはしたが、やはり上役の言いつけなのでな。茂兵治殿のもとで見習い勤めをせねばならぬ」

「なるほど……。そうでございやしたか」

　この番太頭も知恵の回りそうな男だ。もしかすると辰ノ輔が密偵として来ていることに勘づいたのかもしれぬ。今の『なるほど』は、なにかを察したかのような言いようにも聞こえた。

昼と同じく、末蔵と連れ立って橋を歩く。――〝銭もへ〟本庄茂兵治は、例の莫蓙を敷いた巣で、まだ大鼾をかいていた。その姿は、まるで本物の赤鬼が盗んだ牛馬を喰らったあとに昼寝をしているようでもあった。

(銭の甕を枕に、不用心に眠っておられるな……)

掏摸やかっぱらいもいるという吾妻橋で、よく甕を盗まれないものだ。枕を丸ごとひったくればさすがに起きるかもしれぬが、中身だけならどうであろう? 牛の革を紐《ひも》でくくって蓋《ふた》のかわりにしてあるが、あの革を刃物で切れば銭を盗めるかもしれぬ。人通りが多いとはいえ、皆、意外と他人は見ていないものだ。ためしに、やってみようか? あの甕か中身を盗んでやろうか。

辰ノ輔の胸の内に、彼にしては珍しい悪戯心《いたずらごころ》がむくむく湧《わ》いてきたのだが……、

「――オウ、タツスケ戻ってきたのか」

当の茂兵治が、かっ、といきなり目を見開いた。不意を突かれ、おもわず「うおッ」と声が漏れた。

「なにが、うおッだ。どうして驚いてやがる?」

「いえ……。お目覚めですか」

「オウよ。だれかが甕を狙《ねら》ってる気配がしてよォ。そンで目が覚めちまった」

眠りながらも辰ノ輔の気配に気づいたということらしい。

さすがは序列四位の廻り方同心。鼾をかいていても隙《すき》が無い。

「で、テメエ、どうして戻ってきた？」

「は……。一旦《いったん》は帰りましたが、やはり上役与力である池田様のお言いつけ。茂兵治殿のもとで見習い勤めを続けさせていただきたく存じます」

「ほぉう、池チャンのねぇ」

『池チャン』とは、与力に対してなんたる呼び方。

同心と与力では身分の格というものが違う。本人の前でないとはいえ、あまりに不《ふ》遜《そん》な態度ではないか。

しかも番太頭の末蔵と同じく、なにかを察したかのような物言いであった。

（いかん、密偵に来たと気づかれたか……？）

思わず辰ノ輔の顔は強張《こわば》ったが、その一方で茂兵治は、いつぞやと同じく白い歯を剝き出しにしてにいいと笑う。

「そンじゃ池チャンの心配りに甘えるとしようか。――オウ、見習いタツスケ！」

「は……。なんでしょう？」

「おめえ、算術はできるか？」

「は。まあ多少は……」

「そりゃ助かる。さすが『役人の倅』ってぇ顔をしてるだけのことはあらァ。――そろそろ夕刻、忙しくなる頃合いだ。おめえに手伝ってもらおうかい」

気がつけば、もう夕七つ半（午後五時）。

空はすでに赤らんでいる。――自分で言っていたように、夕刻と共に茂兵治は忙しくなっていた。

同心としてでなく、金貸し〝銭もへ〟としてである。

「オウッ、銭を借りてぇやつはそこに並びな。――銭を返してぇやつは反対側《はんてぇ》に並びやがれ」

日が沈みかけ、空に薄闇《うすやみ》がかかり始めると共に、ちらほらと『客』が集まりつつあった。茂兵治は銭甕の封をしていた紐を解《ほど》く。

「タツスケ、てめえは『返す客』を相手すンだ。ほれ、帳面」

「は……はい！」

廻り方同心の見習いであるはずなのに、辰ノ輔はなぜか金貸しの手伝いをさせられていた。罪を探る密偵でありながら悪事の片棒をかつがされていたのだ。

しかも腰には新品の十手を差したままであった。情けない。

（仕方あるまい。これもまた密偵の仕事のうちであろう）

こうして手伝いをすれば、より詳しく悪事を知れるというものだ。しかも帳面まで見せてもらえるとは。

とりあえず、言われるままに『返す客』の相手をすることにした。

「……では、まず先頭の者。名を名乗れ。それと借りた日と額面もだ」

一番前に並んでいたのは棒手振りの魚屋であった。桶《おけ》に品は入っていないが、魚臭いのですぐわかる。

「へえ。利吉《りきち》と言いやす。借りたのは今朝がた、二百文で」

「魚屋の利吉……うむ、帳面に書いてあるな。お主、二百文もなんのために借りたのだ？」

しかも朝に借りて、その日の夕刻にすぐ返すとは不可解な。果たして、なにに使ったというのか？　辰ノ輔が訊ねると、魚屋はキョトンと不可思議そうな顔をする。

「なンのためもなにも魚の仕入れのためでさぁ。朝、財布の中身が少ねぇときは、河岸《かし》に行く途中でもへの旦那に借りることにしてるンで。――今日はお得意先から鯛《たい》を仕入れてくれと頼まれてたンでね。銭が多めに入り用だったたんでさ」

「だが、ヒャクイチの高利なのだぞ」

「へえ。半日ならヒャクイチの半分。二百文借りても、その日の夕方に返しゃあ利子は一文だけで済みまさぁ」

道理であった。一文くらいなら取られたところで困るまい。

(銭を借りたおかげで、この棒手振りは鯛を仕入れることができ、より大きな銭を稼げたということか……。だとすれば茂兵治殿のような金貸しも、世間の役に立っているということなのか?)

魚屋は二百一文の銭を渡すと、東岸の本所側へと去っていく。どうやら向こう岸が家らしい。——日本橋《にほんばし》の魚河岸に行くには、どうせ隅田川を越えねばならぬのだ。橋を渡るついでに借りて行ったということであろう。

辰ノ輔は帳面に筆で『二百一文、返し済み』と書き記す。

(……しかし魚屋が河岸に行くついでに借りたということは、茂兵治殿、ずいぶんと朝早くから働いているのだな。夜明けよりも前からか?)

悪徳高利貸しとはいえ働きぶりには感心する。だから眠くて昼寝をしていたのか。

番太頭の末蔵が、そっと辰ノ輔に耳打ちをした。

「ここだけの話なのですが……。茂兵治の旦那を訪ねる客は、吾妻橋の通行料がタダになるんでござえやす」

「無料だと？　それは茂兵治殿が決めたのか？　そんな勝手は許されまい」

「客は橋を渡りに来たのでなく、ただ旦那に会いに来ただけ、たまたま来たのと反対の岸へと帰っただけ……という理屈なんで。——いずれにしても今の魚屋、一文も損してないどころか、逆に三文得しておりやす」

隅田川の吾妻橋は、武士以外の者が通ると通行料を取られるが、その額は片道二文。当然ながら往復四文。利子で一文払っても三文の得となる。

（なるほど、それは借りるであろう。借りれば借りるほど得をするではないか）

だが橋の通行料を無料にするなど、廻り方同心が勝手に決めていいことではない。職分を越えているというものだ。またも茂兵治の不正をひとつ見つけた。

その後、辰ノ輔はやはり仕入れ代を借りた笊《ざる》売りと、小刀の刃が折れたので買い替えたという飾り職人から返済の銭を受け取る。いずれも午前に借りたもので、利子はヒャクイチのそのまた半分だけであった。

「しかし二百文貸して利子一文か。思ったより小さい商売であるのだな」

手間の割りには儲《もう》からぬ。これでは橋の通行料を横取りしているだけだ。

「へえ。朝の客はそうでやしょう。儲けは夕の客から出ておりやす。――旦那、次の客が来てごぜえやすよ」

客の顔を見てみれば、それは昼間の青物売りであった。菜っ葉を落としたあの男だ。どうせ、こやつも野菜の仕入れ代を借りたのだろうと思ったが――、

「青物売りの半兵衛《はんべえ》。借りたのは五月の晦日《みそか》で、額面は五両と二分でございやす」

「五両二分⁉」

違ったようだ。どれほど菜っ葉を仕入れようとも、そんな大金になるはずがない。

「いったい、なんのために借りたのだ⁉」

「あっしですかい？　へえ、さいでござい」

「なにが、左様《さい》でございだ？」

「いえ、そうでなく賽《さい》でやす。賽の目で」

そうか、博打《ばくち》か。勘違いをして恥をかいた。

(では、この菜っ葉の青物売り、末蔵が言うところの『夕の客』であったか)

博打に酒に女郎買い。そういった夜遊びの銭を借りに来るのが夕の客なのであろう。

――にしても五両二分とは、棒手振りの青物売り風情《ふぜい》が借りに借りたものだ。

一両は、銅銭ならば四千文。一分は千文。

五両と二分なら二万二千文になる。利子も日ごとに二百二十文だ。

「青物売りよ、お主、ずいぶん借りたのだな？」

「へえ。賽の大勝負に大負けしちまったンで。——その日ゃあ、最初はいつものようにチマチマ張ってたんですが、なにやらツイてて五回続いて勝ちやして。こりゃ今日はツイてると張り切っちまって」

それで大勝負に出て大損したというわけか。

よく聞く話だ。賭場《とば》の側も、もしかすると青物売りを引っかけるために、わざと五回も勝たせたのかもしれぬ。まこと賭《か》けごとというのは怖《おそ》ろしい。

「けど毎日チョイとずつ返し続けて、今じゃ残りは二両と二百四十一文でさ。——今日は四百と三十四文返しやす。明日の仕入れ代を抜いた、今の有り金全部でさ」

これで、また少し青物売りの借金が減ったわけだ。

二両と二百四十一文は、すべて銅銭に直せば八千二百四十一文。

四百三十四文を返して、残りは七千八百とんで七文となる。

（……いや、違うか。ヒャクイチの利子が八十二文付くから、それを足さねばならぬのか。端《はした》の四十一文は切り下げるのか？　切り上げなのか？）

辰ノ輔が困っていると——、

「だいたいでいいぜ。だいたいでよォ」

と、横から茂兵治が口を挟む。ちょうど『借りたい客』の列が途切れたらしい。

「だいたいでよろしいのですか？」

「オウ。半兵衛の借金なんざ、どうせ今日や明日で返せねえンだ。あとで計算したって変わらねぇからよォ。——とはいえ、ずいぶん返したもンじゃねえか。ふふン、もっと利子で儲けさせてくれると思ってたのによ」

声をかけられ、青物売りは照れ臭そうに月代を搔いた。

「これも〝銭もへ〟の旦那が怖《こえ》えからでさ」

「ふン、言ってくれるじゃねえか。——タツスケよォ、この半兵衛はもともとロクに青物売りの仕事もせずに遊び歩いてたロクでなしでな。それが俺から銭を借りてから、毎日真面目に働くようになったのさ。借金のおかげで真人間になったってワケよ」

「へへっ。ですから借金のおかげでなく、〝銭もへ〟の旦那のおかげでさ」

なかなかの美談ではないか。なるほど、そういうこともあるかもしれぬ。

だとすれば、やはり高利貸しの〝銭もへ〟茂兵治も、世の役に立っているということであるのか。辰ノ輔は、己が考えを改めるべきかとも思ったが……。

「旦那が怖えから博打をやめて必死で働くようになったんで。最初はあっしも踏み倒す気でいやしたが、女房子供の前であんなひでえ鬼の取り立てをやられちゃあ……」

どうも、話の雲行きが怪しくなってきた。

「真夜中、寝てるところに長屋に乗り込まれて、そのまま菜っ葉畑に連れてかれ……。そンで畑に首だけ出して埋められて、さんざ棒切れで殴られた挙句、頭から肥《こえ》を柄杓《ひしゃく》でかけられやしたから。しかも女房子供にその様子を見せるたァ……。でもって『もし銭を返さねえなら毎晩これをやってやるぜ』なんて言われた日にゃあ、そりゃ真面目に働くてぇもんでさァ」

美談ではなかった。やり過ぎだ。最初は照れ笑いを浮かべていた青物売りの半兵衛も、喋《しゃべ》りながら当時を思い出したのか、背中をがたがた震わせ始めた。

そうもなろう。〝銭もへ〟本庄茂兵治、まさしく無法。まさしく野蛮《やばん》。

昨今は町奉行所や代官所でも、許可なき拷問を禁じている。――なのに、この男はただ銭を借りただけの者に、そこまで苛烈《かれつ》な責めを加えたとは。

（……やはり、この男、どうにかかせねばなるまいな）

それが世のためというものだ。

今、辰ノ輔は『密偵になってよかった』とさえ感じていた。与力の采配《さいはい》、ありがたし。こうして世のため民のために役立てるとは。

この赤鬼の金貸し同心、金を借りた者に対して容赦は無い。それどころか――、

「ときによォ、半兵衛」

「へえ旦那、なんでやしょ？」

「おめえの博打仲間の〝ノコ久《きゅう》〟の野郎、近ごろ俺ンところに銭を借りに来ねぇンだ。おめえ、なにか知らねぇか？」

借りに来ない者にさえ、どうやら容赦は無いという。

六

半刻あまり経ち、日も沈んだころ。

銭を借りる客どもははけ、橋自体からも人の通りはほとんど消えた。

昼の雑踏はどこへやら。今や橋の上で聞こえるのは、隅田川のせせらぎと、

「――ったくよォ、気に食わねェ」

〝銭もへ〟本庄茂兵治の愚痴のみだ。この男、ぼやく声すら莫迦でかい。

「なにが気に食わぬというのです？　繁盛していたようですが」

手伝わされていた佐々木辰ノ輔にしてみれば、あれほど客が来たのに不平を漏らす

意味がわからぬ。

（カラスのヒャクイチで借金をする者たちが、まさかこれほど多いとは……）

夕の客は、遊びの銭の客ばかり。辰ノ輔は、茂兵治と客とのやり取りを横で聞いていたが、ほとんどが博打や酒、女郎買いのために借りに来ていた。

（博打の銭を同心が貸すのは、道義として許されるのか？）

町奉行所の廻り方同心というのは博打や賭場を取り締まる側。辰ノ輔にとっては博打を見逃す茂兵治こそが気に食わぬ。

ただ、当の〝銭もへ〟に言わせれば――、

「青物売りの半兵衛の野郎さ。銭が泣いてやがンぜ。けしからねえ」

あの菜っ葉の青物売りに、なにやら許せぬことがあるという。

「はて、なにがけしからぬと？　博打をやめて真面目に働いているというのですから、感心な男ではありませぬか」

「莫ぁ迦。本当に感心な野郎は最初から博打なンざやらねぇし、俺に借金なンざしねぇンだよ」

それは、もっともな話である。

「それよか、もっとよくねぇのはよォ。銭を返すとき『明日の仕入れ代を抜いた有り金すべて』を俺に渡したことだ」

「多く返してもらえて、けっこうなことではございませんか」

おそらく本当に全部ではなく、自分や女房子供の飯代くらいは抜いたはず。それを怒っているのであろうか？

あるいは逆か？　もし辰ノ輔が金を貸したなら『まさか本当に有り金すべてを返したのではあるまいな？　家族の飯代くらいは取っておけ』と叱るかもしれぬ。

がめつい〝銭もへ〟にも、その程度の慈悲はあるというのか？　いや……。

「明日の仕入れ代も、俺に返せってぇンだよ」

違った。より無慈悲であった。

「それは無茶というもの。仕入れ代が無くば商売ができず、結局借金を返せませぬ」

「そンなの明日の朝、俺に借りりゃあいいンだよ。この吾妻橋の通行料は片道二文だから、夕刻に返しゃあ八百文まで利子はタダと同じじゃねぇか。――ったく、その程度の算術もできねぇなンて、もったいねえ。真面《まじ》で銭が泣いてやがらァ」

そういうことであったか。それなりに理屈が通っている。

金貸しとしては早く借金を返し終えられては困るであろうが、この本庄茂兵治は根っからのがめつい男だ。他人が銭で損するのを見るだけで苛々《いらいら》となる性分らしい。

その苛立ちを覚えぬためならば、多少自分が損をしようと構わぬようだ。

（いずれにせよ青物売りの心持ちもわかるというもの。あやつ、なるべく茂兵治殿と顔を合わせたくないのだ）

仕入れ代を借りれば朝夕で二度、この赤鬼金太郎に会わねばならぬ。それが嫌であったのだろう。――とはいえ辰ノ輔も、それをわざわざ口にはしない。世辞やおべっかは苦手な彼だが、その程度の如才なさは持ち合わせていた。

「……ったく、しょうがねぇ野郎だ。オウ、タツスケ。あの半兵衛の野郎が、今日返した額面だがよォ」

「は。ええと、四百と三十四文ですな」

「帳面には、四百三十六文てぇ書いときな」

「……？　その二文はなにゆえで？」

「昼に菜っ葉を食ったろォが」

あのときの菜っ葉代というわけだ。

「もったいねぇから食いたくもねぇのに拾ったが、二百文くれぇ損した心持ちだ。ホント、銭が泣いてンぜ」

ならば、拾って食わねばよかったのに。

いや、拾って食っても二文を数えねばよかったのに。

今度こそ茂兵治の慈悲であるのか？　あるいは赤鬼なりの道理や筋を重んじたとい
うのか？　辰ノ輔にはわからなかった。

「まァ、いいさ。タツスケ、橋を降りるぞ」

「そうですな、帰りますか」

もう日も暮れた。仕事もとっくに終わりの刻だ。

特に茂兵治は、日の出の前から橋に陣取り、物売りの仕入れ代を貸していたのだ。

さっさと屋敷に帰りたいはず。辰ノ輔は、そう考えていたのだが――、

「違ぇよ莫迦野郎。これから、もう一仕事だってンだ」

そうでなく、まだまだ働く気であった。

「もう夜というのに、いったいなにをなさる気なのです？」

「いろいろよ。ま、普段は主に『取り立て』だ。銭を返しに来ねぇ不届きモンは、俺
が自ら出向いてやンのよ」

そう言って彼は、着物の腿あたり――赤鬼の頭をかち割る金太郎の絵をぽんと叩く。

よくわからぬ仕草であったが、どうやら取り立てを鬼退治に見立てていたらしい。

(しかし、どうでもいいことではあるが……。鬼退治なら桃太郎であろうに。なぜ金

太郎なのだ？　いや金太郎も鬼は退治するのであったかな？）

今さらながらに気になったが、これもわざわざ訊ねはしなかった。

「本当なら見習いのタツスケに取り立ての極意てぇモンを教えてやりたかったンだがよォ――」

「いえ、そのような気遣いはご無用」

別に、自分は金貸しの見習いに来ているのではないのだ。取り立ての方法など教えてもらう理由はない。

「けど、今夜は別ンとこに行く」

「……？　どちらです？」

「おめえに奢らせて、高ぇ店で飲み食いする」

「ええっ⁉　いや、それは……」

「冗談だ。――末蔵よ、俺とタツスケは出かけてくらァ。橋の留守を頼ンだぞ」

そう言って茂兵治は、銭入りの甕と帳面を番太頭の末蔵へと渡し、自らは辰ノ輔を連れてふたりで本所側へと橋を渡った。

七

「茂兵治殿、銭の甕は橋の外では持ち歩かないのですか？」

「当たりめえだ。俺が銭を持ってったら、だれか橋に銭を借りに来たとき困ンだろ」

「……だれかが借りに？　つまり茂兵治殿が橋に居ない間は、番太頭の末蔵が代わりに金貸しをするということですか？」

「まァな。末蔵だけでなく番屋まるごとに代理を頼んでンだ。西岸と東岸、どっちかの番屋へ順番にな。——ただ、やつらに頼むと、儲けの一部を礼にくれてやンなきゃなンねえ。ほんとは、なるべく自分で貸してえところよ」

　まさか番屋の番太たちまで金貸し商売に巻き込んでいたとは。

　とんでもない醜聞であった。与力への告げ口は、これでもう十分かもしれぬ。

（しかし、橋両岸の番屋の者たちを全員まとめて罰に処すわけにもいかぬか……）

　そんなことをすれば橋の治安はもちろんのこと、通行料を集めることすらままならなくなる。——この悪徳高利貸し同心は、そこまで見込んで番屋を巻き込んでいたというのか。

見上げれば月は十四夜。満月までは残りひと晩。少し歩くと本所の町だ。

途中、茂兵治と辰ノ輔は、夕飯に屋台の二八蕎麦《にはちそば》をすする。支払いは辰ノ輔だが、蕎麦程度で済んで助かった。——食い終えたのち、ふたりは再び歩き出す。

「それで、我々はどこへ行くのです？　町の見廻りですか？」

「莫ぁ迦ヤロウ。なンで俺たちが見廻りなんかすンだよ？　本所の町は、別の同心の受け持ちだろォが。俺らの仕事じゃねぇ」

たしかにそうだが、それを言ったら金貸しだって本当ならば仕事であるまい。

「では、なんです？」

「〝ノコ久〟ンとこへ行く」

しばらく間が空いたので、辰ノ輔はその名がだれか思い出すのに時間がかかった。

菜っ葉の青物売りの博打仲間だという大工だ。

帰り道が途中までいっしょという縁でよくつるんでいたが、青物売りが博打を断ったため、しばらく顔を合わせておらぬという。

「〝ノコ久〟……大工の久五郎《きゅうごろう》、前はしょっちゅう俺ンとこに博打のタネ銭を借りに来てたのに、ここひと月ばかり来やがらねえ」

茂兵治がなにを気にしているのかがわからなかった。

「博打の銭を借りに来ぬなら、けっこうなことではありませぬか。青物売りと同じく心を入れ替えて賭場通いをやめたのでしょう」

「いいや、それはねえ。〝ノコ久〟は根っからの博打狂いよ」

〝ノコ久〟久五郎は、鋸《ノコ》を二つ名にするだけあって腕のいい大工であるという。腕前が無くば道具をあだ名になどできぬものだ。——しかし怠け者な上に博打好きで、わずかでも銭が入ると賭場ですべてすってしまうのだとか。

そのためちょくちょく銭を借りに来るのだが、借金が積もって茂兵治が怒ると久五郎は渋々ながら働いて、二、三日かけて返すというのが通例だという。

つまり〝銭もへ〟にとっては、お得意様というわけだ。

「前に何度か踏み倒そうとしやがったが、そのたんびに材木に縄でくくって川に叩き込んでやったンだ。それがよかったンだろうな。怒鳴ればすぐ返すようになった」

「また、ひどいことを」

青物売りは畑に埋めて肥をかけ、大工は材木に縛りつけて水に放り込む。どうやら相手の職に合わせて、工夫を凝らした取り立てをしているようだ。

(そやつも青物売りの半兵衛と同じく、なるべく茂兵治殿とは顔を合わせたくないであろう。顔を見せなくなって当然ではないか)

吾妻橋を降りて十町（約一粁）ほども歩くと、貧乏長屋が立ち並ぶ界隈《かいわい》に出る。

本所は新しくできた町であるため住民の多くは貧乏人であった。

もともと江戸というのは東は隅田川までであった。しかし都というのは生き物と同じで、年月と共に大きくなる。いつしか川向こうにまで江戸は拡《ひろ》がり、本所という町ができたのだ。

つまりは江戸の果てである。このような最果てに住むのは多くは中央に住めぬ者たちであった。貧しい町人に、やはり貧しい下級の武士。あるいは、やくざ者に無宿人。

当然ながら治安も悪い。辰ノ輔の右手は己の腰のあたりに伸びていた。いざとなったら貰《もら》いたてのぴかぴか十手を抜くためだ。面持ちも緊張に満ちたものとなる。

そんな彼の姿に、茂兵治は月明りの下、眉をひそめた。

「気ィ詰めっと、かえって危ねえぜェ。新米だってバレっからよォ」

そうであった。数寄屋橋門内で張り切っているのは障子紙と新人だけだ。

辰ノ輔は、ふうっ、と大きく息を吐き、肩から余計な力を抜く。

「オウ。まだちっと堅《かて》ぇがそンでいい。――着いたぜ、この長屋だ」

古びた三軒長屋だ。しかも汚い。

どの部屋も障子戸の紙は破れ、壁もあちこちが腐っていた。おまけに気のせいか、普通よりも建物が小ぶりに思える。貧乏人ばかりのこの町でも、特に貧しい者が住む長屋かもしれぬ。

「真ん中の部屋だ。何度か来たことがある」

川に叩き込んだときのことであろう。

夜というのに〝ノコ久〟は留守であった。賭場に行っているのだろうか？　それとも、酒でも飲みに行っているのか？　茂兵治は右隣の障子戸を叩く。

「開けなァ。南町の同心だ」

隣の部屋から出てきた職人風の中年男は、茂兵治の姿を見てなぜかひどくぎょっとした顔をしていた。

「チョイと聞きてぇンだがよォ。隣の〝ノコ久〟、夜中はいつも留守なのかい？」

「へ……へえ、だいたい夜は居《お》りやせん。いつもどっかに出かけてまさァ」

「昼は？」

「さあ……。あっしも仕事で留守なンで」

「そうかい、夜中に邪魔したな。——あと、テメエも銭、とっとと返しやがれ。利子だけで二朱も溜《た》まってンぜ」

「すいやせん、ご勘弁を！　明日にゃあ必ず！」

ぎょっとしていた意味がわかった。どうやらこやつも銭を借りており、〝銭もへ〟が取り立てに来たと思ったらしい。にもかかわらず――。

「行くぜ、タツスケ」

茂兵治はそれ以上、隣の男に構うことなく長屋を去った。

利子を溜めているあの男より、借りてもいない〝ノコ久〟久五郎が気にかかるということなのか？　やはり辰ノ輔には、この金貸し同心の考えは解せなかった。

八

「……ったく、あの野郎はよォ。やっぱり博打やめてねぇじゃねェか」

茂兵治はぶつくさ不平を垂れつつ、月明りの本所をどこかへ向かう。辰ノ輔は相変わらず、行き先もわからぬまま後ろを歩いた。

茂兵治の赤く焼けた顔は、夜闇の中で目にすると本物の鬼か化け物のよう。女子供が見れば腰を抜かしかねぬ。

「毎晩、賭場に通ってンなら、どうして俺ンとこに借りに来やがらねぇ？　――タツスケ、おめえはどう思う？」

思索のための独り言かと思っていたのに、急に話を振られて戸惑った。

「そうですな……。博打で勝っているからなのでは？」

ずっと勝って儲けていればタネ銭を借りる理由など無い。そう答えたところ——、

「莫ぁ迦！　博打で勝ち続けなンざあるワケねぇだろが」

と一蹴《いっしゅう》された。

「博打ってなァ損するようにできてンだ。なぜって勝ってる間はやめねぇだろが」

「まあ、そうでしょうな」

「負けるまで続けンだから、結局はどっかで負けて銭が尽きる。——もちろん勝ったまま朝になったり、負ける前に帰る野郎もいるだろう。けど、そんなやつらも欲が出て、次の日からも毎晩賭場に顔を出し、結局文無しになるまで賭け続けンのさ」

そして銭が無くなった者たちは〝銭もへ〟のところへ借りに来るというわけだ。

「道理ですな。いや、今の茂兵治殿の理屈を聞けば、皆、賭場など行かなくなるかもしれませぬ」

「じゃあ言わねぇように気ィつけらァ。俺が金貸しで儲けらンなくなる。とにかく、勝ち続けてるから借りに来ねぇなんざあり得ねえンだ」

「では、考えられることは、あとひとつ」

「なンだ？」

「別の金貸しに借りているのでは？」

　自分でも〝銭もへ〟からは借りたくない。

　べらぼうに金利が高く、赤鬼顔でおっかなく、その上、他人を川に放り込んだり、畑に埋めたりするような男だ。このような者から、だれが銭を借りたいというのだ。

　辰ノ輔の言葉を聞き、茂兵治は「ふン」と鼻で笑った。

「おめえは、やっぱ莫ぁ迦だな」

「は？　なぜでございますか？」

　また莫迦にされて不愉快だったが、今度は理由を教えてもらえなかった。ちょうど目指していた場所に辿り着いたためである。

「着いたぜ、ここだ」

「ここ……？　寺のようですが？」

「ここが本所で一番の賭場なンだよ」

　寺で賭場を開くのは、江戸に限ったことではない。

　多摩でも同じだ。やくざ者たちは寺の御堂を借りて博打をする。

　――なので辰ノ輔が驚いたのは、寺に賭場があることではなかった。

（茂兵治殿、躊躇《ためら》うことなく乗り込んだな？）

わざわざ寺院で博打をするのは、町奉行所には手の出せぬ場所であるからだ。寺社というものは寺社奉行の受け持ちである。法を破って博打をしていようと普通なら、町奉行所の同心は知らぬ存ぜぬを決め込むしかない。

なのに、この茂兵治は迷うことなく寺の中へ——それも賭場が開帳されている御堂へと、真正面から乗り込んだのだ。

「オウ、邪魔すンぜぇ！」

ばあん、と乱暴に木戸を開けると、中では丁半博打の真っ最中。

客は十二、三人ほど。今まさに壺《つぼ》を開けて賽の目を見せる直前であった。

そこに突然、二本差しふたりが乗り込んできて、しかも片方は新米同心丸出しの障子顔。ぴりりという緊張が堂内に走るが……。

「……なンだ、脅かさないでくださいまし。〝銭もへ〟の旦那じゃござンせんか」

壺振りの女が座ったまま、ぬうっ、と顔をこちらへ上げた。

ぷくぷくと太った女だ。歳は三十前といったところか。遠目には口紅を引いた相撲《すもう》取《と》りのようにも見えた。

顔もまるまるとしていたが、不釣り合いなことに目鼻立ちだけは妙に整っており、色も白い。痩せれば美女であるかもしれぬ。

「お連れのお侍サマは？　お腰の十手を見るに、同心サマのようですが」

「廻り方の新米よ。障子顔を見りゃわかっだろ？　――タツスケ、この女は〝阿弥陀《あみだ》のミツ〟つって、本所の西半分を仕切ってる糞《くそ》アマだ。顔を憶えときな」

賭場の女親分というわけか。憶えろもなにも、こんな見た目の女、忘れられるはずがない。二つ名の『阿弥陀』は、この寺が由来であろう。ちょうど背後に本尊の阿弥陀如来《にょらい》が鎮座していた。面立ちもどこか似ている。

（どうでもいいがこの〝阿弥陀のミツ〟とやら、我らが入ってきたどさくさに開けかけた壺を動かしたな？）

客たちの目が同心ふたりに向いたのをいいことに素早く中を覗いたのち、賽の目を動かしていた。太い図体をして、みみっちいことをする女だ。

「それで〝銭もへ〟の旦那、本日は遊びに来られたので？」

「違ぇとわかってて聞くンじゃねぇよ。俺ゃあ博打はしねぇ。銭が泣く。――今日は人探しだ。〝ノコ久〟こと大工の久五郎、最近この賭場に来てやがるか？」

「〝ノコ久〟さんですか？　いえ、言われてみれば見かけませんが……。チョイと。だれか〝ノコ久〟さんを見てないかい？」

〝阿弥陀のミツ〟は、御堂内の子分たちに訊ねたのち、

「お客の皆様も、どなたか〝ノコ久〟久五郎さんをお見かけではござンせんか？ ウチではなく、よその賭場でもかまいませんので」

と、わざわざ客たちにまで聞いてくれた。この太っちょ女、やくざ者のくせに、ずいぶん茂兵治に対して気を配る。――だが〝ノコ久〟を賭場で見たという者は子分にも客にもいなかった。せいぜい町ですれ違ったという者がいたくらい。

「旦那、だれも見てないようでござンます」

「そうかい……。実はあの野郎、ここしばらく俺ンとこに来ねぇンだ」

「ご冗談でござンましょう？ まさか、あの人が銭を借りてないなんて」

茂兵治の言葉に、ミツは肉でぷっくりとした首の上でこうべをかしげた。

この女親分まで、なにゆえそれを不思議がる？ 辰ノ輔には解せなかった。むしろ、

『銭を貸していないのに、どうして茂兵治は〝ノコ久〟を探しているのか』

を疑問に思うべきであろうに。――やくざと金貸し、裏の世間で生きる者同士だけあって、役人育ちの辰ノ輔には見えぬものが見えているということであろうか。

仲間外れにされたようでむっとしていると、茂兵治はそんな新米の顔が面白かったのか、いつものように歯を剝き出しにして笑う。

「へへッ。ミツよ、聞いてくれや。このタツスケ、さっきは『〃ノコ久〃は別の金貸しに借りてるんじゃねえか』なんぞと言ってやがってよォ」

話を聞いた〃阿弥陀のミツ〃は、なにがそんなに可笑《おか》しいというのか、ぶふッ、といきなり噴き出した。全身の肉がぷるぷる揺れる。

「〃銭もへ〃の客が、別の金貸しから銭を借りる？　ほほほ、ご冗談を」

気がつけば、子分のやくざ者や賭場の客たちからまでも、くすくすという笑い声。

辰ノ輔にとっては不愉快極まりないものの、なにを面白がられているかは、まるで理解できなかった。

「ほほ……。いえ新人の旦那、ご無礼しました。ですが〃銭もへ〃サマの客に他の金貸しが銭を貸すなンて、あり得ないんでござンます」

「なぜだ？　茂兵治殿が怖いからか？」

もしや客を横取りした金貸しのもとへは、この乱暴者の赤鬼同心が怒鳴り込むというのか？　たしかに、それならば他の者は銭を貸すまいが――。

「いえ、違います」

「違う？　では、なぜなのだ？　カラスのヒャクイチなどという高利で銭を借りたい者なぞ、世には居るまい」

まして茂兵治のような悪人相の粗暴者に。こんなおっかない相手から借金をしたい者が居るとでも？

「ええ、もちろん借りたい者など居りません。でも、だからこそ」

「だからこそ？」

「はい。他所で借りられなくなった者が、仕方なく茂兵治の旦那にカラスのヒャクイチで借りに行くんでござンます。〝銭もへ〟サマの客はみんなそう」

「……なるほど」

言われてみれば〝ノコ久〟は銭にだらしなく、すぐ返済が遅れ、しかも踏み倒そうと逃げ回ったこともあるという。金貸しにとって、よい客だとは言い難い。

悪徳高利貸しの本庄茂兵治は、そんな厄介な〝金借り〟どもが最後に行きつく吹き溜まりであるというのだ。

「ご老中様が利子の上限を定められた今、厄介客に銭を貸す人は他にいませんので」

つまりは、ある意味〝天保の改革〟が〝銭もへ〟を作ったということかもしれぬ。

その後、ふたりはもう何軒かの賭場に乗り込んだが、やはり〝ノコ久〟の姿は無く、ここしばらく賭場で見た者もいないという。町で見かけた者だの、たまたまいっしょの飯屋に居合わせた者だのがいた程度。

茂兵治は夜道を歩きながら赤い顔でうむむと唸る。

「やっぱ、おかしいじゃねぇか……。あの野郎、今夜も家は留守なのに、どこの賭場にも居やしねぇ」

たしかに不思議ではあるが、茂兵治の方がよほどおかしい。わざわざ何軒も賭場に乗り込んだというのに、ただ大工のことを訊ねただけとは。

寺以外の賭場なら、その場にいた者たちを引っ立てて己《おの》が手柄とすればよいのに。逆に、やくざ者たちとつかず離れずで仲良くしたいというのなら、わざわざ乗り込むべきではない。

(この御仁、やはりどうにも解せぬな)

しかも、似たようなことをしょっちゅうやっているのであろう。最初の阿弥陀のミツなどは、ずいぶんと慣れた様子であった。

「本所に賭場はもういくつかあるが、あいつ好みンとこは今ので全部だ」

「好みとは？」

「客がみんな莫迦ばっかだ。理屈っぽいカブだの狐《きつね》チョボだのはやらねぇで、ずっと運まかせの丁半賭博しかやってねえ」

浅草側にも似たような賭場はあるが、そちらに行っているとは考えにくい。吾妻橋を渡れば茂兵治と会うはずなのだ。

「ふン……。マ、いいさ。まだ夜明けまでチョイとあンな。いっぺん戻って寝るとすっか」

「そうですな」

辰ノ輔も疲れてきた。あちこち歩いただけでなく、同心初日かつ密偵初日という気苦労もある。――それよりなにより、この本庄茂兵治という男を相手するのに気力を使った。帰って休めるのはありがたい。

「では八丁堀に帰って休むとしましょう」

南北を問わず町奉行所の同心というものは、八丁堀に屋敷を与えられている。辰ノ輔の養子先である佐々木家もそうであるし、茂兵治もそのはずであった。帰り道はいっしょのはずだ。なのに――。

「八丁堀だァ？　てめえ寝る前から寝ぼけてンのか？」

「……？　屋敷に帰るのではないので？」

「莫ぁ迦、そンなとこまで戻ってられっか。間に合わねえだろ。橋に戻るって言ってんだよ」

九

茂兵治と辰ノ輔は、連れ立って吾妻橋へと戻る。

一旦、西岸の浅草側へと渡り切り、番屋に寄って、番太頭の末蔵から甕と帳面を取り戻し、再び橋の中ほどへと引き返す。

そして敷きっぱなしの莫蓙に、ごろん、と寝転がった。

「ンじゃ、俺ゃあ寝る。おめえも寝ねぇと持たねぇぞ」

「ここで、でございますか⁉」

この男、もしや橋に住んでいるのか？　この莫蓙が屋敷の代わりであると？

（いや、さすがにそれはあるまい……。帰ったら間に合わぬとか言っておられたが、そのためか？　――しかし、なにに間に合わぬのだと？）

訊ねようと思ったが、茂兵治はすでに甕を枕に高いびき。

仕方ないので辰ノ輔も横になる。一枚の莫蓙に男ふたりで枕を並べるのもぞっとせぬため、一間ほど離れて寝ることにした。

夜明け前の闇の中、ふたりは揃《そろ》って眠りに就く……。

やがて東の空が白んできたころ。

「オラァッ！　タツスケ、起きやがれェ！」

辰ノ輔は、赤鬼同心に蹴《け》り飛ばされて目を覚ました。

「な……なにをするのです！」

おそらくだが、眠りに就いてから半刻程度。

うっすら明るくなったとはいえ、まだ朝と呼ぶにはほど遠いではないか。

「莫ぁ迦ヤロウ、これだから役人の倅はよォ。世間様にゃあな、この刻から働いてるヤツぁ山ほどいンだよ」

たしかに眠い目を見開けば、周囲には橋を渡る町人たちの姿がちらほらと。

しかも〝銭もへ〟から銭を借りようと、並んで待っている者までもいた。

「タツスケ、おめえは帳面をつけな！　寝ぼけて間違えンじゃねえぞ！」

「は、はい……‼」

朝の客——それも朝一番の客ということであろう。

これに間に合うよう茂兵治は橋で寝ていたのだ。

（しかし……寝起きの不意を衝《つ》かれて『はい』と返事はしたものの、なぜ昨日に続いて金貸しの手伝いをせねばならぬのだ？　どうにも釈然とせぬ）

眠いこともあり、さすがに気分が苛立《いらだ》ってきた。

ただ、並んでいる客たちは、仕入れの銭を借りに来た物売りばかり。ここで自分が茂兵治と揉《も》めたら、仕入れの銭が借りられなくなって困るであろう。――辰ノ輔はぐっと堪えた。苛々がよい眠気覚ましになる。

帳面をつけていると、いろいろ見えてくるものがある。

この刻に来ている客は、多くが仕入れに行く魚屋であった。魚河岸は朝が早いと聞いてはいたが、これほどまでとは。茂兵治の言い草ではないが、自分は役人の倅として楽な暮らしをしてきたのかもしれぬ。なんとも頭の下がる思いだ。

とはいえ、もちろん全員が魚屋というわけでもなく――。

「あの〝銭もへ〟さま、チョイとお話ししてぇことが……」

この男のように、遊び人風の若者も交じっていた。たしか昨日の夕方、博打の種銭を借りに来ていた者のはず。博打で夜通し遊んだ帰りらしい。

「オウ。半日で返しに来るたァ、ゆうべは博打に勝ったのか？」

「いえ、サッパリで……。なので利子をチョイと待っていただこうかと」

「あぁン？　なンで待たなきゃいけねェ？　なにかカタでもあるってぇのか？」

「ありやす」

「言ってみろ」

「〝ノコ久〟こと大工の久五郎のことでさァ。旦那、アイツのこと調べてるンでやしょ？　賭場の噂で聞きやしたぜ。――あいつ今、新しい賭場に通ってるンでさ」

近ごろできたばかりの賭場で、なんでも本所の北はずれにある古い宿屋を借り切って開かれているのだとか。

「あァ？　そンな賭場、聞いたことねぇぞ」

「あっしもでさ。けど〝ノコ久〟とたまたま町で会ったとき、アイツがそう言ってやがったンで。――飲み屋で知り合った男に誘われて行ってみたら、えれえ自分好みの賭場だったとか。以来、ずっと出入りしているそうでやす」

その話を聞いたのが半月前。――北はずれの賭場に通うようになったのは、およそひと月前らしい。吾妻橋に顔を出さなくなった時期と一致する。

「けど、おかしいじゃねえか。博打をしてるなら、どうして俺ンとこに来ねえ？」

「へえ。これもアイツが言うにゃあ……なんでも賭場が貸してくれるンだそうで。新しい賭場だから、客を集めようと気前よくやってンでしょうかね？」

なるほど、そういうことであったかと辰ノ輔は無言のままに頷いた。

（これが、〝ノコ久〟が借金に来なくなった理由であったか）

すべて辻褄《つじつま》が合うというものだ。

ちなみに、この遊び人も『そんなに気前のいい賭場なら』と後日その北はずれの宿屋を探して訪れたが『今は客がいっぱいなので』と追い返されてしまったという。

「けったくそ悪ぃンで、それから二度と行ってやせん」

「ケッ。そういう気の短ぇトコが、おめえが博打で勝てねぇ理由だよ。けど……ふうン、そうかい。よし利子は三日待ってやらァ。——タツスケ、帳面に書いときな」

その後、もう何人か同様に『〝ノコ久〟について知ってることを教えるかわりに利子を負けろ』と言う者たちがやって来て、そのたびに茂兵治は利子を一日分から三日分ほど負けてやっていた。

ずいぶんと気前がよい。帳面をつけている辰ノ輔は、信じられぬ思いであった。

十

朝の五つ（午前八時）が近づくあたりで、また〝銭もへ〟の客が増えてくる。

多くは魚屋ほど朝早くない物売りだ。たとえば魚屋から魚を仕入れる料理屋などは、当然ながら魚屋より早起きしても意味が無い。

ほかにも半纏を質入れしてしまった大工が仕事前に慌てて質屋から取り返すためなど、さまざまな理由で銭を借りに来る。――借金をしに来るくらいであるから裕福ではないのだろうが、それでも皆、顔に活気が満ちていた。

これが江戸の町民か。朝の陽《ひ》ざしも相まって辰ノ輔には眩《まぶ》しく見えた。

――しばらくすると、そういった朝の客もはけてくる。

「さて、と……。タツスケ、そろそろ出ンぞ」

「どちらに行くので？」

「どこって〝ノコ久〟よ。昨日からそれしかやっちゃいねェだろが」

「はあ。まだ調べるので？」

大工の久五郎が〝銭もへ〟のところに来ないのは、新しい賭場とやらが銭を貸してくれるからだ。ただそれだけのことではないか。なにを気にする理由があろう。

彼がぽかんとしていると茂兵治は――、

「だったら帰《けぇ》ンな、莫ぁ迦ヤロウ」

と苛立って、獣のように歯を剝き出す。この男、笑うときだけでなく怒るときにもこの仕草をするらしい。――辰ノ輔は本当に帰ってやろうかとも思ったが、とりあえずは黙ってこのけだもの同心に同行することにした。

ふたりは一旦、浅草側の番屋に寄って銭甕と帳面を預けると、ついでに茂兵治は裸になって着物を着替え始める。

「なぜ着替えを？」

「目立ちたくねぇからよ。決まってらァ。俺ゃあ、コンなときのために着替えを番屋に預けてンだ」

いつもの金太郎柄から地味な浪人風の着流し姿へ。さらに深編笠《ふかあみがさ》で頭を隠せば、遠目には〝銭もへ〟だとはわかるまい。

「そンじゃ末蔵、あとは頼んだぞ」

「へぇ旦那、お気をつけて」

あというのは、つまりは橋の見廻りと、掏摸やかっぱらいの取り締まり、さらには金貸し業のひと通りということであろう。それらすべてを番太頭に頼むと、茂兵治と辰ノ輔は、今度は逆の本所側へと橋を渡った。

ふたりとも十手は懐《ふところ》の中に隠した。〝ノコ久〟の長屋はそこから歩いて約十町。

——昨夜に続いて、また留守だ。

「はて？　まだ帰っていないのか、それとも仕事に出かけたのでしょうか？」

「帰ってきてねえンだよ。見ねえ、ゆうべ俺が戸に挟んだ葉っぱがそのまンまだ」

たしかに木の葉が一枚、障子戸の上の方に挟まっている。

この男、いつの間にそのような細工をしたのか。意外と細《こま》い手を使えるのだなと辰ノ輔は感心させられた。

「ふン……。こりゃ、そろそろかもしンねぇな」

「なにが、そろそろなのです？」

「すぐにわからァ。ついてきな」

答えから先に言うと、辰ノ輔にはわからぬままであった。

（すぐにわからァというから、ついてきたというのに……）

むしろ謎《なぞ》は深まった。――まず茂兵治は、二町（約二百米）ほど離れたところで仕事をしていた年老いた大工のもとへ行くや『利子を負けてやるから半刻付き合え』と鉋《かんな》がけの途中というのに連れ出した。

ふたりは大工を連れたまま、吾妻橋近くにある大きな商家を訪れる。

「茂兵治殿、これはなんの店なのです？」

「問屋よ。なンでも問屋の〝もんじゅ屋〟といってな、隅田川をいちいち渡るのが面倒くせぇ横着モンのために、食いモンから贅沢品《ぜいたくひん》までぜんぶ川向こうから卸してンだ。本所じゃ一、二の大店よ」

棒手振りの物売りも毎日大勢、吾妻橋を往復しているが、そのような者たちばかりに任せると、利ざやのよい物ばかりしか川を渡って来なくなる。

なので、もんじゅ屋のような川またぎのなんでも問屋が必要とされるのだとか。

「町のためになる商売なのですな」

「なァに、ぼったくり業さ。おかげで川向こうから来る品は、ぜんぶの値が吊《つ》り上がる。本所で安ぃのは家賃《やし》と手間賃、野菜くれえだ。どれも川のこっちで取れるモンだからな」

世知辛《せちがら》い。だが本所のことなどまるで知らぬ辰ノ輔も、もんじゅ屋の名はどこかで聞いたことがあった。そう、あれはたしか……。

(そうだ。利子を二日分負けてやった男が言っていたのだ。あの男、このあたりで商売している棒手振りの物売りだと言っていたが)

〃ノコ久〃が博打を始めたのは、実はそう古くない。たった七年前のこと。

もんじゅ屋にはそれ以前から出入りしており、今でも『物置を建ててくれ』だの『塀が壊れたので直してくれ』だの、細かい仕事をよく頼まれているらしい。——博打狂いで〃銭もへ〃にしょっちゅう銭を借りていることは、うまく隠しているのであろう。大店が借金持ちに仕事を与えるはずがない。

ともあれ利子二日分の男は、つい昨日〃ノコ久〃が裏口の木戸を直しているのを通りすがりに見かけたという。

「おめえら、こっち来な」

茂兵治に連れられて、辰ノ輔と大工は裏へと回る。

ちょうど若い女中が箒《ほうき》がけの最中であった。

「オウ、そこの娘。この木戸、近ごろ大工が直したろ?」

「ええ、よく御存知で。昨日の朝、大八車をぶっつけられて壊されたんですが、ちょうど出入りの大工さんが近くにいて、昼前には直してくれたんです」

「そうかい。チョイと見せてもらおうか」

茂兵治が懐からちらりと十手を覗かせたので、辰ノ輔も倣って同じく見せる。女中は驚き、びくりと背をのけぞらせつつ「どうぞ」と応じた。

「見てみな。どうだジジイ？〝ノコ久〟が出てくるまで〝ノコ源《げん》〟と呼ばれたおめえの見立ては」

「そうですな……」

年老いた大工は、たるんだ目蓋《まぶた》を見開き、しんばりや蝶番《ちようつがい》のあたりに何度も目を光らせるや――、

「もへの旦那のおっしゃる通り、なにやら細工がされておりやす。このへんの隙間にノミを要領よく突っ込むと、蝶番が外れて戸が開く仕組みになってまさ」

との答えであった。

（なんと、細工⁉　大店の裏木戸にか！）

木戸を開ける細工とは穏やかではない。まして、本所で一、二を争う商家の裏口なのだ。なんのための細工か、察しがつこうというものだった。

「なら、こっからは金貸し〝銭もへ〟でなく、同心本庄茂兵治の仕事ってワケだ」

十一

気がつけば、日は暮れていた。

〝ノコ久〟こと大工の久五郎は三十四歳。自他共に認める腕利きの大工であった。たとえば彼の得意とする〝隠し鋸《のこ》〟という技がある。家の柱に切れ込みを入れ、あえて微《かす》かに歪《ゆが》ませることで屋根の重みを受け止めさせる技法だが、これは江戸でも使える者は五人ほど。――逆にその応用で、たとえば木戸に目立たぬように切れ込みを入れ、外から開くよう細工することもできた。たまに酔っ払うと自慢する。

ともあれ〝ノコ久〟は、ここしばらく毎晩同じ賭場に通っていた。

町の北はずれの宿屋で開帳されている、近ごろできたばかりの小さな賭場だ。――常陸国《ひたちのくに》から流れてきた親分が仕切っていると聞いていたが、あちら風の賭場はどうやら江戸風より自分好みであるらしい。

胴側の者たちは、勝ったときはうんと喜び、負けたらうんと悔しがる。なのに金払いでグズグズすることはなく、勝てば迷いなく銭を払い、負けたらなにも聞かずに銭を貸してくれる。いずれも恵比須《えびす》様のような笑顔でだ。

勝って嬉しいのは当然として、負けてもなお気持ちがよい。

これというのも、この賭場を教えてくれた男のおかげであった。

『——いい賭場ってえのは、こういうトコを言うンだろうねぇ。ありがとよ、いい場所教えてくれて』

そう礼を言ったのは、上弦の半月《はんげつ》の夜。

ほんの八日ばかり前のことだ。

今となっては悔いている。夜空には十五夜の満月が浮かんでいた。

「〝ノコ久〟よぉ、そろそろ観念しちゃどうだい？」

「……やっぱり俺も行かなきゃ駄目か？」

「あったりめぇさ。おめえのほどこした細工なんだ。開かなかったらおめえが直して木戸を開けるんだよ」

およそひと月前のあの日、飲み屋で出会って自分を賭場に誘ったこの男が、まさか『常陸国から流れてきた親分』その人であったとは。

しかも親分は親分でも、博徒の親分ではなく、十人の子分を抱える盗賊の親分であったとは。

この賭場は、壺振りも見張りも客たちすらも、すべて盗賊の子分ども。——〝ノコ久〃ひとりを嵌《は》めるためだけに作られた、偽の賭場であったのだ。

「なァ〃ノコ久〃、もともとはおめえが悪《わり》ぃんだからな？　半年前、飲み屋で『木戸を外から開けられる細工ができる』なんて自慢してっから。まして『もんじゅ屋に出入りしてる』とまでペラペラ話すからさぁ。——俺ゃ、それ聞いて今回のくわだてを思いついたんだ」

「いや、けどよォ……」

「よかったなぁ？　昨日、木戸に細工して、今夜俺たちといっしょに店まで行って、それだけで博打の借金百両余りをチャラにしてもらえんだから。二日で百両稼いだ大工は江戸でもおめえだけさ。ヨッ、さすがは〃ノコ久〃」

賭場が気持ちよく貸してくれるものだから、気がつけば借金は膨れ上がっていた。そしてある日、いきなり返せと詰め寄られ、盗賊の手伝いをさせられる羽目になったのである。

今夜、盗賊一味は〃ノコ久〃の細工を使ってもんじゅ屋の裏木戸を開け、店へと押し入る算段であった。

研ぎたての刃物を用意しているのを見るに、店の者たちは皆殺しにする気であろう。自分のせいで見知ったもんじゅ屋の者たちが死ぬと思うと、さすがに悔いた。

賭場になど来なければよかった、博打などもうしません。

〃ノコ久〃は胸の内で神仏への祈りを繰り返す。賭けごとで負けている者は皆、にわかに信心深くなる。

大抵、そんな祈りは裏切られるものであったのだが……、

「――親分、宿が囲まれておりやす！」

こたびは違った。見張りの子分が声を上げる。

満月の下、いくつもの人影がこの宿屋を遠巻きに囲んでいたのだ。

さては町奉行所の捕り方か。

盗賊一味は、一斉に刃物を手に取った。〃ノコ久〃は小便を漏らしていた。

十二

宿を取り囲んでいたのは、本庄茂兵治がかき集めた近隣の番太やその知り合いの腕っぷし自慢たち。皆、六尺棒や刺又《さすまた》で武装しており総勢十五名になる。だが――。

「こちらの人数、少なくはございませんか？」

辰ノ輔が訊ねると茂兵治は、

「……まァな」

と、ぶっきらぼうに返事した。

やはりであったか。少ないのだ。新米同心でもそのくらいはわかる。

近所の者たちに聞いて回ったところによると、いつもあの宿の中にいるのは十人そこいら。――なのに、こちらは自分と茂兵治を入れても十七名。

夜に全員逃がさず捕らえるには、心もとない数であった。

(急ぎであったし、いろいろ仕方なきことではあろうが……)

本来なら、本所の町は茂兵治や辰ノ輔の縄張りではない。

なので本所を受け持つ廻り方同心に報せたところ『その話だけでは、まだ宿に居るのが盗賊とは限らない』と、この一件に手を着けることを拒んだのだ。やはり数寄屋橋門内で張り切っているのは障子紙だけであるらしい。

評議の末、茂兵治は『手柄を立てたら半分譲る、しくじったらすべて自分の責』という取り決めで、この捕り物を仕切ることとなった。――人数が少ないのも、人集めに手間取って包囲が夜になったのも、このいざこざによるものだ。

「おまけに、向こうに気づかれてしまったようですぞ」

「……まァな。みてぇだ」

宿の中から、ざわめきが聞こえる。窓からこちらを見られてしまったらしい。きっと今ごろ盗賊たちは刃物を持って待ち構えているに違いない。

「しゃあねぇなァ……」

赤鬼金太郎の茂兵治は、苦々しい顔で己が唇をひと噛みするや、

「ンじゃ、俺が先頭で中に乗り込む。──タツスケと、それから腕に自信のあるヤツ、二、三人ほどついて来な」

と先陣を切り、宿の入口へと向かう。

危険な役割であろうに、まるで躊躇《ちゅうちょ》は無いようだった。

「茂兵治殿、腕に自信がお在りなのですか？」

廻り方同心なのだから剣や十手は習っていようが、さすがに相手は盗賊十人。多少使える程度では話にならぬというものだ。

しかし赤鬼はいつもと違って歯を見せず、唇をとんがらかせて苦い顔。

「いンや。そンなに自信ねぇ」

「は？　では、なにゆえ先陣を？」

「じゃあオメエは、番太や助っ人を真っ先に行かせる気か？　とンでもねぇ人でなしだな」

つまりは、他の者たちの身を案じていたのだ。

粗暴で傲慢《ごうまん》な男と思っていたが、そのような情もあったとは。そして、侍としての覚悟もあったとは。辰ノ輔は茂兵治を見直すが――。

「他のヤツらが怪我《けが》でもしてみな。俺ゃあ見舞いでいくらか包まなきゃなンねえ。もったいねえだろ。――けど自分で真っ先に乗り込みゃあ、怪我しても銭の節約になるってモンだ。銭を泣かさねぇで済む」

「なんという吝嗇《りんしょく》！」

がめつさもここに極まれりであった。命より銭金を惜しむとは。

（いや、とはいえ……。己が命を惜しまず、番太や助っ人の身を案じているのは確かであるか）

それにこの赤鬼のがめつさ、一本筋が通っている。ここまでくると見事と言えよう。

この者、ここで死にでもしたら世のためにならぬ。かもしれぬ。

なので辰ノ輔は……、

「順番、お譲りくださいませ」

茂兵治を追い抜き、先頭に立った。

「ホウ？　障子紙が張り切ってンじゃねえか」

「拙者、いささか腕には自信があります。多摩は武芸が盛んな地。代官所では捕り方の真似ごともしておりました」

その多摩でも、己はそれなりの腕のはず。――告げ口の意趣返しで闇討ちをされた際には、相手をまとめて返り討ちにした。地元に居られなくなった理由のひとつだ。

辰ノ輔は、宿屋の戸板に手をかける。

戸の向こうから息遣いが聞こえた。盗賊が待ち構えているのであろう。しんばりをかけて立て籠もるのでなく、不意討ちで襲いかかる気であるらしい。

本来ならば乗り込む際には、

『南町奉行所が廻り方同心、佐々木である。故あって宿を改めさせてもらうぞ』

とでも声をかけ、宿の者に自ら戸を開けさせるか、さもなくば無言のまま無理やり押し入るもの。だが彼は、

「南町奉行所が廻り方同心、佐々――」

と、ここで戸板を蹴り倒した。自らの名の途中で。

戸の向こうにいた盗賊は不意を衝かれ、長脇差《ながわきざし》を手にしたままぽかんと間の抜けた顔になる。——辰ノ輔は代官所時代、盗人だの、やくざ者の喧嘩だのといった騒動が起こるたび、腕を見込まれ駆り出されていたのだ。同心としては新米でも修羅場をくぐるのは初めてではない。この程度の小技は使えた。

そのまま彼は居合一閃《いあいいっせん》。大刀にて賊の頭を、

——がんッ

と峰打ちでぶっ叩く。頭骨が割れないぎりぎりの力加減だ。相手はそのまま気を失い、ばたりと真後ろへ昏倒《こんとう》した。

(おっと、いかん。せっかく授かった十手を使うべきであったか)

とはいえ相手は十人。そこまでの余裕は無い。

戸の反対側には、さらに賊が二人待ち構えていた。うち片方は浪人風で、一味の用心棒といったところか。優れた体格の持ち主で、刀の構えもさまになっている。本格的な剣術修行をした身に違いあるまい。

(ならば——‼)

この場で一番の強敵に、辰ノ輔は襲いかかった。

まず一旦、床板を蹴って跳ぶような仕草をし、相手の注意を上へ引く。——ただし、

これはふりのみ。虚実の虚。実際には跳び上がることなく、足をすかして床へと這《は》った。

今、この盗賊剣士には、対峙《たいじ》していた同心が瞬時に消えたがごとく見えたはず。

ここまで低い姿勢になれば、真上から剣で斬られようとも深手にならぬ。一方、目の前には無防備な敵の足。まさしく攻防一体の動作《どうさく》であった。土埃薫《かお》る田舎の喧嘩剣法だ。

そして這いつくばったまま、脛《すね》を狙って横薙《よこな》ぎの一撃。

こたびも峰打ちであるため足を斬り飛ばしはしなかったが、それでも骨は折れ、しばらくは激痛もあって動けまい。これで二人目。

残るひとりは怖《お》じ気《け》づいたか、奥へ逃げようと踵《きびす》を返す。愚かしい。──辰ノ輔は今度こそ跳躍し、背後より一撃を喰らわせた。

狙いは右肩。痛みの急所だ。打たれた賊は鎖骨を折られ、そのまま床をのた打ち回る。これにて三人。瞬く間である。踏み込んでから、まだ百も数えていない。

奥には、まだ半数以上の賊が残っていたが、

「──参りやした！　斬らねぇでくだせえ！」

一同、新米同心の強さに恐れをなし、刃物を捨てて降参した。

一味最強の盗賊剣士を最初のうちに倒したのがよかったのであろう。床を這いずった甲斐《かい》があったというものだ。

斬り合いを終えた辰ノ輔は、ほうっ、と大きく息を吐《つ》く。

「ほぉう、多摩の泥んこ剣法か。やるじゃねえかタツスケ」

振りむけば、すぐ背後にはいつもの赤鬼金太郎。

「そうでしょう」

笑い返すと、まだ気が張り詰めていたのか頬が強張り、どこぞのだれかと似たような歯を剝き出しにした顔になる。

同心ふたりは、揃って似たような面持ちとなっていた。

十三

その後、一同は盗賊どもを縄で縛り、町奉行所からの応援を待つ。

一味は全員お縄にしたものの、さすがに〝ノコ久〟も入れて十名以上ともなると、連れていくのも一苦労。今いる者たちだけで引っ立てるのは無理であった。

途中で暴れたり、逃げようとするかもしれぬ。——そのため、ただ連れて行くためだけに人手を集めたというわけだ。

「茂兵治殿、〝ノコ久〟めはどうなるのでしょうか？」

「さァな。けど脅されてたンだし、押し込みも未然に防げた。そこまでの罪にゃあなンめぇ」

捕らえた盗賊一味の頭領は〝那珂《なか》の勘十郎《かんじゅうろう》〟という男。

辰ノ輔に脛をへし折られた盗賊剣士だ。用心棒かと思っていたが実のところは親玉であった。

関八州《かんはっしゅう》をあちこち荒らし回っていたらしいのだが、子分のうちほとんどは〝ノコ久〟同様、博打で借金をして、無理やり従わされていた者たちだという。剣士が負けた後にあっさり降参したのも当然であろう。

〝ノコ久〟も茂兵治たちが一歩遅ければ、今回の押し込みが終わった後もずるずると盗賊稼業を続けさせられ、果てしなく罪を重ねていたはずだ。運がよい。

「まことに僥倖《ぎょうこう》。――いや僥倖というのなら、この一件、いろいろと僥倖続きではありますな」

「ギョーコー？　なにがだよ？」

「盗賊どもは今夜、もんじゅ屋に押し入るところでした。我らが間に合ったのはまさしく僥倖。——いや、そもそも〝ノコ久〟が借金に来ないことから盗賊一味の計画が知れたことこそ僥倖そのもの。運がよいとしか言いようがありませぬ」

彼の言葉に、茂兵治は赤鬼顔をむすりとさせる。

「莫ぁ迦。タツスケ莫ぁ迦。なにが運だ。博打打ちかテメーは」

こうはっきりと悪口を叩かれて、今度は辰ノ輔もむすり顔。

「なにが莫迦だというのです」

「盗人が今夜仕事をすンのは当たりめぇなンだよ。普通、問屋てェのは掛け売りだから、集金をする月の晦日までカネはねぇ。——けど本所みてぇな貧乏な町じゃ『半月晦日』と言ってよォ、商売相手の夜逃げが怖くて半月ごとに集金すンだ」

「そうなのですか？　では盗賊どもは、その半月晦日を狙って⁉」

「オウ。つぅか半月晦日が近ぇから、昨日から〝ノコ久〟を調べてたンじゃねぇか」

ではこの男、〝ノコ久〟が盗賊の一味に引き込まれていたのに気づいていたと？

しばらく銭を借りに来ないというだけで？

「なんと、すべてお見通しであったとは……」

「いンや、すべてじゃねェさ。わかってたのは、ただ、なンか厄場《やべ》ぇことが起きてるってことくれえだ」

「なにゆえで？」

「当たりめぇのことなンだよ」

茂兵治は、ふン、と鼻を鳴らしたのちに種明かし。

なぜだか、ひどく苦々しい面持ちをしていた。

「〝銭もへ〟の客は、最悪の〝金借り〟どもだ。ウチ以外からはどっからも借りられねえ。——そんな連中が俺《おれ》ンとこに来なくなったときゃあ、ぜってぇ厄場《やべ》ぇことが起きてるに決まってンだ」

たとえば、別の者から銭を貸してもらえたというとき。

あるいは、大金を手にして借りる必要のなくなったとき。

そこには必ず裏がある。

人に騙されているのか、自ら盗みを働いたのか。まっとうでない理由があるのだ。

事実、こたびはそうだったではないか。

(つまり茂兵治殿の客は、罪に巻き込まれるか、罪に手を染める、そのぎりぎりの者たちということか。たしかに最低の客であるな)

なればこそ〝銭もへ〟こそが最後の救い。

この赤く焼けた顔の悪徳同心は、一番の崖《がけ》っぷちに立つ者へと手を差し伸べ、その者が最後の一歩を踏み外したとき最初に気づく。

(本庄茂兵治、やはり腕利きの同心であるかもしれぬ)

少なくとも、世のためにはなっている男だ。

「銭を泣かすヤツぁ、そのうち銭以外も泣かすようになンのさ」

「……そういうことかもしれませんな」

密偵として、どう上役与力に報せるべきか。〝つげぐち辰ノ輔〟はただただ迷った。

弐「銭おんな」

一

蜊蛄《ざりがに》が脱皮するのは、血肉が育ちすぎて甲羅が窮屈になったため。

国も同じである。幕府開闢《かいびゃく》より二百と四十年近く。人という肉、銭という血、いずれも膨れ上がって武家社会という甲羅を破裂させせんばかりである。

老中である水野越前守忠邦《みずのえちぜんのかみただくに》はあえて血の巡りを悪くさせ、これ以上肉《ひと》が育たぬよう気を配った。これもひとつの手であろう。

殻に押さえ込まれた肉たちは、腐れぬために血が要《い》った。

きっと〝銭《ぜに》もへ〟のような者は、このようなときに生まれるのだ。

盗賊〝那珂《なか》の勘十郎《かんじゅうろう》〟一味を捕らえたのは、満月の照る十五日の夜更け。

今は、すでに十六日の昼である。佐々木《ささき》辰ノ輔《たつのすけ》は一睡もしていなかった。

「池田《いけだ》様、いかがでございましょうか？」

辰ノ輔がまだ墨の乾かぬ書き付けの巻き紙を見せると、廻り方《まわりかた》を受け持つ上役与力《よりき》の池田は――、

「うむ。さすがは、もと代官所務め。たった四度の手直しで済むとはのう」

と、例の大袈裟《おおげさ》な面相にて褒めたのち、端に自分の名を書き添える。――よかった。

やっとひと仕事終えた。安堵《あんど》で肩から力が抜ける。

廻り方同心の仕事というものは、盗人《ぬすっと》を捕らえたところで終わりではない。役人なのだ。すべてを役所へ報《しら》せねばならぬ。

まずは、いつもの廻り方の上役与力へと報せ、その上役与力が実際に取り調べをする吟味方《ぎんみかた》の与力や、さらには町奉行へと伝えるのだ。

辰ノ輔が作っていたのは、そのための書き付けであった。――これも、ただ書けばよいというものではない。文面は、まず上役与力である池田に目を通してもらうのだが『ここの説明がわかりづらい』『ここの字は違う』『ここが手続きに反しておる』などと、さんざん手直しをさせられた。

（……正直、盗賊どもと斬《き》り合っている方が楽であった）

とはいえ苦労しているのは彼だけではない。直させる池田も、夜中に呼び出されてから徹夜であった。感謝しかない。

「では佐々木よ、念を押すぞ。この一件、お主と犬塚《いぬづか》の手柄ということでよいのだな？　お主がたまたま盗賊どもの隠れ家を見つけて犬塚を呼び、共に一味を捕らえたと。――本庄《ほんじょう》のやつめは係わっておらぬのだな？」

犬塚とは、本所《ほんじょ》を縄張りとする廻り方同心犬塚研十郎《けんじゅうろう》のことである。

上役与力の問いに、辰ノ輔こと〝つげぐち辰ノ輔〟は、

「はっ。池田様にはそのように報せよと、もへ……いえ、本庄殿が申されました」

と、あまりにも正直すぎる返事をした。

辰ノ輔はこの上役与力の密偵だ。夜中のうちに本当の事情は伝えてある。

あの赤鬼顔の金貸し同心は、なぜか己の手柄をすべて辰ノ輔と犬塚に譲り、さっさと吾妻橋《あづまばし》へと帰ってしまった。

本所の同心に手柄を半分渡すというのは事前の取り決め通りではあったが、あのがめつい茂兵治が、どうして自らの功を隠すのか……。

（不思議であったが、机仕事を拙者に押しつけるためであったのだな）

あとになって、やっと解《げ》せた。おかげで面倒な書き付けを与力とふたりだけで作る

羽目になったのだ。腹立たしい。

（それと、公の文書《もんじょ》に己のことを記したくなかったのかもしれぬ。裏で高利貸しを営む身としては、あまり表に名を出したくなかろう）

ともあれ与力の池田は、また大袈裟に顔をしかめつつ、

「……まあ、よかろう。お主の初手柄への祝儀と思え」

と書き付けに嘘《うそ》を書き記すことを許した。――そして改めて訊《たず》ねる。

「これで本庄とは二日、役目を共にしたことになるな」

「は。いかにも」

例によって仰々しいほどの真顔であった。開いた目が楊枝《ようじ》の幅一本分大きい。

「ではお主、あやつをどう判じる？」

密偵として、あの本庄茂兵治はいかなる男と考えるか。

あの男には、いかような罪がある？　いかに罰するべきであるか？

この難しい問いに、辰ノ輔はしばし考え込んだのち――、

「あの本庄殿、高利の金貸しなのは間違いござらぬ。しかしながら……」

と、ここでさらに一拍、ふたたび黙した上で言葉を継いだ。

「おそらくは、世の役に立っておられる御仁かと」

高利貸しの悪徳同心であり、粗暴な赤鬼金太郎《あかおにきんたろう》ではあるものの、世のため、人のため、江戸の町のためには、たぶんなっていよう。

それが〝つげぐち辰ノ輔〟の答えであった。

与力の池田は、眉《まゆ》をわずかにピクリと動かした。

どうやら気分を害したらしい。いつものように大袈裟な面持ちではなかったが、辰ノ輔は初めてこの上役の本当の顔を見た気がした。

「そうか……。佐々木よ、慣れぬ役目で疲れたであろう。屋敷に帰って休んでおれ」

二

(……池田様には、嫌われてしまったかもしれぬな)

ただの考えすぎかもしれぬが、『屋敷に帰って休んでおれ』は『お前の顔など見たくない』という意味にも取れる。

あの上役与力は、茂兵治を悪く言って欲しかったのだ。そのくらいは察していた。

だが自分は思ったままを答えただけ。己の心に嘘は吐《つ》けぬ。——だからこそ、この佐々木辰ノ輔は〝つげぐち辰ノ輔〟なのではないか。

（まあ、よい。今は休むとしよう）

ゆうべも一昨日《おととい》もまともに寝ていない。吾妻橋でわずかに横になっただけだ。

まだ昼ではあったが辰ノ輔は池田の勧めに従い、屋敷に戻ることにした。上役の言葉、今回はそのままの意味に取らせてもらおう。

南町奉行所から八丁堀《はっちょうぼり》までは十三町（約一・四粁《キロメートル》）。

町奉行所の同心は皆、この八丁堀に屋敷が与えられている。――やはり疲れていたらしく、この程度の距離を歩くだけで辰ノ輔の足元はふらついていた。多摩《たま》では童《わらべ》のころから野山を駆け巡っていたというのに。

爽《さわ》やかなはずの初秋の日差しが目に眩《まぶ》しい。

（疲れているのも当たり前か……。寝ていないだけでなく盗賊相手に斬り合いもして、なによりあの本庄茂兵治の相手をしたのだからな）

山をひとつ越えたくらいの心持ちで、やっと佐々木家の同心屋敷に辿《たど》り着く。

門の前では、義妹にあたる佳代《かよ》が竹ぼうきで表を掃《は》いていた。

「まあ、辰ノ輔様！　やっと、お帰りくださいましたか」

二日ぶりに帰ってきた辰ノ輔の姿に、十七歳の武家娘はただでさえ大きな目を丸く見開く。――どこか上役与力の池田を思い起こさせる大仰な面相や仕草であったが、こちらは作りものでなく自然のもの。もともと若い娘というものは、こんな具合に驚いたり笑ったりするものであった。

「どうも、佳代殿……。黙って留守にしてしまい申し訳ござらぬ」

「いいえ。御役目でお忙しいというのは、ご近所の旦那《だんな》様がたから伺っておりました。なんでも初仕事からお手柄をお上げになったとか。この佳代も鼻が高いというものでございます」

佳代は、病に倒れた廻り方同心佐々木進伍郎《しんごろう》の一人娘である。――辰ノ輔が養子として佐々木家を継いだため、義理の妹となったのだ。

父親のことで気を落としていたところを、顔も知らぬ親戚《しんせき》に家を乗っ取られたということになる。辰ノ輔は彼女を憐《あわ》れんでいたし、恨まれることも覚悟していた。

なのに実際に顔を合わせてみると、佳代は明るくにこやかに初めて会った彼を受け入れてくれた。――それが、つい十日前のこと。以来、関係は良好である。

この年ごろの娘らしいどこか子供っぽさを残した微笑《ほほえ》みをたたえながら、ろくに江戸の左右もわからぬ新米義兄の世話を焼いてくれた。

「あら辰ノ輔様、御々足《おみあし》が泥だらけではございませんか。――縁側の方にお回りください。わたくしが洗ってさしあげましてよ」

「いえ、足くらい自分で洗いますので」

「遠慮なさらずに。廻り方同心にとって泥足は誉れというもの。働き者の証《あか》しにございます。――父の進伍郎もよく泥だらけの足で帰ってきたものですわ」

義父であり先代同心でもある進伍郎の名を出されては、言われるままにする他はない。申し出に甘え、辰ノ輔は縁側で足を洗ってもらうことにした。

たらいに張った水は冷たく、足から疲れのむくみが引いていく。

佳代の手は小さい上に柔らかく、足の甲や指の股《また》を洗われるたび、ぞわっとなるほどの心地よさが背筋を走った。

「足の裏を洗います。くすぐったかったらおっしゃってくださいな」

「ええ、いや平気で……」

本当はそこまで平気でもない。泥汚れが流れると共に、心魂の濁りも抜け落ちていくようであった。腰が抜けてしまいそう。立ち上がれぬ。

「辰ノ輔様の御々足は、いっぱい働いたお方の足をしておられます。――お腹《なか》、お空《す》きではございませんか？　なにか作ってさしあげましてよ」

「はい、よろしければ……」

この娘、嫁になってはくれぬものか。

徹夜続きの辰ノ輔の目には、十七歳の義妹が格別にまばゆく映っていた。

佳代の出してくれた膳《ぜん》の上には、糠漬《ぬかづ》けの鰯《いわし》を焼いたものと豆腐の煮物、それから油揚げの味噌汁《みそしる》。——飯は冷えたものに湯をかけて温めてくれてある。一から炊いたのでは空腹の辰ノ輔は待てぬだろうという心遣いだ。ありがたい。

鰯に箸《はし》をつけると、味つけは濃いめ。だいぶ塩が効いていた。だが美味《うま》い。疲れた体に染みわたる。

「お味の方、濃すぎでしたらおっしゃってくださいな。大仕事で夜更かししたあとは塩味が欲しくなると、父がよく言っておりましたので」

つまりは廻り方同心のための味つけであるらしい。

よく気のつく娘だ。父親の躾《しつ》けの賜物《たまもの》であろうか。まるで同心の女房になるために生まれてきたような女であった。

飯を食い終えたのち、布団を敷いてもらい、ひとりきりで横になる。

やっと眠れる。二日ぶりの布団の上だ。

（あの娘、本当に嫁になってはくれぬものか……。いや当人が望んでおらぬのは、わ

かっているが)

辰ノ輔が佐々木家の養子となる際、親戚の内では『どうせなら佳代の婿《むこ》となってはどうか』という話も出ていた。――当たり前のことであろう。むしろ娘がいるなら、そうせぬ方がおかしいというもの。

だが佳代が『急に言われても心の仕度が』だの『もう少しだけ考えさせてほしい』だのと返事を先延ばしにしたため、待っている間に進伍郎が絶命しては一大事と、とりあえず養子の縁組を済ませたのだ。

辰ノ輔としては多少、傷ついておらぬでもなかった。

(……もしかすると佳代殿、ほかに好いた男が居るのかもしれぬな)

だから婿を取ることを拒んだのだ。それならば話の筋が通るというもの。

あるいは〝つげぐち辰ノ輔〟と呼ばれる鼻つまみ者など婿にしたくなかっただけかもしれぬ。

いずれにしても腹立たしい。歯嚙《はが》みしながら瞼《まぶた》を閉じた。

三

今まで無理して起きていたのを取り戻すべく、明日まで眠り続けるつもりであった。

——しかし人というのは気合いを入れて寝ようとすると逆に眠りが浅くなるもの。

意外と早く目が覚めた。障子を開けて表を見ると、空は赤いがまだ明るい。夕七つ半過ぎといったところか。

目を閉じたのがたしか昼八つ（午後二時）の少し前であったから、まだ一刻半ほどしか経《た》っておらぬ。

（さて、どうしたものか。さほど眠ってない割りに、疲れはだいぶ取れているが）

佳代に足を洗ってもらったのがよかったのかもしれぬ。

上役与力に『休んでおれ』と言われた身だ。明日までだらけていようと構うまい。

いや、むしろ勝手に出かければ急な用事の際に困るはず。

それはわかっていたのだが……。

「佳代殿、少々出かけます」

「まあ、どちらに？　お夕餉《ゆうげ》、用意していたところですのに」

「吾妻橋です。御役目で組ませていただいている先達《せんだつ》同心のもとへ参ろうかと」

盗賊の件、書き付け作りが無事終わったと伝えに行くのだ。

（無論、明日でも構うまいが、せっかく目が覚めたのだしな）

机仕事を押しつけるためとはいえ手柄を譲ってもらった以上、挨拶《あいさつ》くらいせねば不義理というものであろう。佳代にそれを伝えたところ――、

「あら、まあまあ！　吾妻橋ということはもしかして辰ノ輔様、茂兵治《もへいじ》様といっしょに御役目をなさっておられるのですか？」

よもや、この可憐《かれん》な娘の口から、あの赤鬼金太郎の名が出るとは。

「茂兵治殿を御存知なので？」

「それはもう、すぐご近所ですので。町奉行所の同心というものは皆様がた、生まれも育ちもこの八丁堀でございますから」

歳《とし》は離れているものの、幼なじみということか。

義妹の顔は妙に明るい。

「でしたら、お夕餉、お弁当にいたしましょう。辰ノ輔様がお着換えされている間に、わたくしお二人分ご用意いたしますわ」

その後、四半刻《しはんとき》も経たずに屋敷を発《た》つ。

本当は夕餉を食べてから出かけようかとも思ったのだが、佳代が張り切っていたた

め言い出すことができなかった。

竹皮に包んだ弁当は、握り飯と焼き魚であるという。――飯はともかく魚は本来、佳代が自分で食べる分だったであろうに。申し訳なく思うと共に、

（……佳代殿、茂兵治殿の名を口にする際、やたら声が弾んでおったな）

夕焼けに照らされよくわからなかったが、頰《ほお》が赤らんでいたようにも見えた。

（まさかと思うが佳代殿、あの赤鬼を好いているのではあるまいな？）

だから自分と夫婦になってくれぬのか？　そんな疑念が頭をよぎった。

だとすればこんな弁当、持ち歩くのも胸糞悪《むなくそわる》い。道ばたに捨ててくれようか。いや、そんなもったいないことはできぬ。歩きながら二人分食らってやろうか。

怒りに任せて早足で歩くと、あっという間に吾妻橋。

西岸の浅草《あさくさ》側から、たもとの番屋に「御役目ご苦労」とだけ挨拶をして橋に上がる。

――認めたくはなかったが、もし佳代が茂兵治を好いているとすれば、辰ノ輔にも多少気持ちはわかるというものであった。

あの男、好き嫌いはともかく妙に気になる。

自分がわざわざ夕刻に二里も歩いて来たのも本当はただ、あの男が今ごろなにをしているか気になって仕方ないからであったのだ。

（どうせ金貸し仕事をしているに決まっていようが……。ちょうど夕の客が来る頃合いであるしな）

しばらく歩くと、いつもの橋の真ん中あたりに〝銭もへ〟の姿。

いつもの金太郎柄の着物に、相変わらずの赤ら顔、月代剃《さかやきそ》らずのばさばさ髪だ。小《こ》脇《わき》にはいつもの銭入りの甕《かめ》。――おまけに案の定、夜遊び銭を借りに来た夕の客たちに囲まれていたから、遠くからでもすぐわかった。

「茂兵治殿」

辰ノ輔が声をかけるや――、

「オウ、タツスケか。いいトコに来た。手伝いな」

あごで、くいっ、と傍らに立つ末蔵《すえぞう》を指し示す。

いつぞやと同じく、この五十男の番太頭と共に『返しに来た客』の相手をしろと言いたいらしい。

当然のように手伝わされて不快ではあったが、夕刻に来た以上こうなることは覚悟の上。苦々しい顔で、人だかりのうち返済の者たちを受け持つことにした。横で末蔵がぺこりと辞儀をする。

「佐々木の旦那、昨夜はたいへんなご活躍でしたな。あんなつええ同心サマ、そうそうおられやせんでしょう」

「ウム。そうか、そうそうおらぬか」

そういえば、この番太頭も昨夜の大捕り物の場にいたか。褒められたおかげで少々とはいえ気分が晴れた。強いと称《たた》えられて気を悪くする武士はいまい。

「へい。南町だけなら、もう二、三人ほどしかおられますまい。

「……フム、そうか」

この男、如才《じょさい》ないようで意外に余計なことを言う。褒めるなら褒めるで『一番強い』でいいではないか。

一番前に並んでいた客は、一昨日の菜っ葉の青物売りの半兵衛《はんべえ》であったが、

「新米の旦那、ご活躍は噂《うわさ》で聞きやした。あっしは旦那が一番つええと思いやすぜ」

と揉《も》み手で機嫌を取ってきた。

「青物売りよ、褒めても利子を負けてやることなどできぬぞ」

「なんだ。じゃあ南町で三番目でさぁ」

こんな調子で半刻ほどすると客ははけ、日もとっぷり暮れていた。

赤鬼茂兵治はひと息吐きつつ、コキコキと肩を鳴らす。この男でも銭を扱ったあとは疲れるらしい。

「ンじゃ、屋台で飯でも食うとしようか。タツスケ、おめえの奢《おご》りだぞ」

「あ、いや……」

そうであった。江戸役人の慣習《ならい》により、新米が先達の飲み食い代を払わねばならぬのだ。

相変わらず持ち合わせは少ないが、ただ今宵は代わりのものがある――。

「茂兵治殿、屋台も結構ですが拙者、弁当を二人分持ってきております」

「弁当だァ？」

「佐々木家の佳代殿が作ってくれたのです。茂兵治殿に食べていただきたいと」

もしかすると佳代は、辰ノ輔が飯を奢らなくてもいいように、という心配りで弁当を用意してくれたのかもしれぬ。――同心の娘であるから、役人の慣習《ならい》を知っていて不思議はあるまい。

「カヨどの……？　オオ、佐々木のオッサンの娘かァ。今、十二くれぇだっけか？」

「いえ、もう十七です」

「そうだっけか？　けど、あのいっつも泥だらけのお転婆《てんば》が作った弁当かい。へへ、土でも入ってなきゃいいけどな」

茂兵治が佳代に気の無さそうなのを見て、辰ノ輔はひそかに安堵しつつ、二つある弁当の片方を渡す。そして……、

「末蔵、こちらはお主の分だ」

身を切るような想《おも》いで、もう片方を番太頭へと渡した。

「えっ、いいんですかい？」

「無論だ。茂兵治殿の手伝いで疲れたであろう」

本当は、少しも無論ではない。顔を見るまで忘れていた。――だが末蔵も夕の客を相手したのに、茂兵治にだけ弁当を渡すわけにもいくまい。番太にけちだと思われれば今後の御役目に差し支えが出ようし、人としても気が引けた。

「拙者は、屋敷で夕餉を済ませてきた。茂兵治殿と末蔵で食べてくれ」

「へい、ありがたくいただきやす」

末蔵が礼を口にしたとき、茂兵治はすでに竹皮を開いて握り飯にかぶりついていた。そのまま流れるように、いっしょに入っていた焼き魚も一口むしゃり。

「ホウ……。タツスケ、おめえんとこ銭が唸《うな》ってやがンのか？」

「は？　そのようなはずないでしょう」

「けど、この魚ァ、小せぇが鯛《たい》だぜ。切り身の鯛」

「なんですと⁉」

横で、末蔵も一口食べるや、

「本当でございやすな。いや、ありがてえ。佐々木の旦那が初手柄を立てたお祝いでやしょうか」

と舌鼓。おそらく番太頭の言う通り、祝いの馳走《ちそう》であったのだろう。

鯛も切り身であればさほど高いものではないが、決して裕福ではない佐々木家だ。うんと奮発したに違いあるまい。

やはり吾妻橋になど来ず、屋敷で夕餉を食べていればよかった。――いや、実際に食わずとも辰ノ輔には、佳代の心意気だけで胸いっぱいとなっていた。

（とはいえ佳代殿ご自身に食べさせてやれなかったのは、なんとも無念……）

いつしか浮かぶ十六夜《いざよい》の月のもと、茂兵治は牙《きば》の並ぶ獣の顎《あぎと》のごとき口で、握り飯と鯛、最後のひと口をまとめて放《ほう》り込みムシャムシャ喰《く》らう。

粗野な食べ方ではあったが味わってはいるらしい。月光に照らされた唇は、旨《うま》そうにその両端を吊《つ》り上げていた。

「ふン……。ま、悪くねえ。カヨ坊に礼を言っといてくンな」

そして、げふう、とげっぷを一発ぶっぱなす。

「さァて、食ったら仕事だ。——タツスケも来な。取り立ての仕事を教えてやンよ」

「取り立て、ですか？」

「オウ。帰ったらおめえもカヨ坊に礼を言いな」

つまりは『佳代の弁当が旨かったから、特別に取り立ての仕事を教えてやる』と言いたいらしい。

別に、教えてくれとは頼んでないのに。

四

三人は西岸へと橋を渡り、番太頭の末蔵だけを番屋に残して、茂兵治と辰ノ輔の同心ふたりで町へと向かった。——昨夜と一昨日は本所《ひがし》だったが、今夜は浅草《にし》だ。

「ときによ、タツスケ」

「はい、なんでございましょう」

「書き付けは、俺《おれ》の言った通りに作ったか？」

そうであった。もともとその話をしに来たというのに忘れていた。

「昼ごろ作り終えました。茂兵治殿の申されたように、手柄は拙者と本所受け持ちの者で半分ずつといたしましたが……」

「オウ、そうかい。そのうち、お奉行から今回の褒美金が出る。半分だから五両ってトコだ」

「五両も！」

大金である。儲《もう》かった。いや、盗賊を十人も捕らえ、本所で一、二の大店《おおだな》に盗賊が入るのを防いだのだ。妥当な額であるかもしれぬ。

（とはいえ、がめつい〝銭もへ〟にしては意外な……）

机仕事を押し付けた代金としても気前がよすぎる。——そもそもこの男、本当に銭の亡者であるのだろうか？　本当に銭のことしか考えておらぬなら〝ノコ久《きゆう》〟の一件、わざわざ首を突っ込まぬはず。

なのに茂兵治は、他の者の取り立てを後回しにしてまで〝ノコ久〟のことを調べ続けたのだ。ただの悪徳高利貸しが、そのようなことをするはずがない。

（だとすれば手柄を譲ってくれたのも、拙者のため……）

この御仁、やはり付いて行く価値のある男であったか——。

「オイ、おめえの小遣いにくれるわけじゃねぇぞ？　お題目たァいえ、その金子《きんす》は

『下手人を捕らえるまでに多くの者たちから力添えを得たはず。この金子で礼をするがよい』ってえ理由で授かンだ」

「は……。そういうことでございましたか」

たしかに一味の隠れ家を包囲する際には、近隣の番太たち十五名の力を借りた。

また、茂兵治には居ないようだが、同心の多くは小者《こもの》（岡《おか》っ引《ぴ》き）を使っている。

そういった者たちへ逐一礼金を支払わねば、次から手伝ってもらえまい。――一瞬とはいえ『儲かった』と喜んでしまった自分を恥じた。

「まこと汗顔の至りにございます」

「いや、気にすンな。そンでよォ」

「なんでございましょう？」

「五両、ぜンぶ俺によこしな」

「はあ⁉」

「番屋の番太たちには全員で三両。残り二両は俺が懐《ふところ》に入れる」

「話が違うではありませぬか。その金子、番太や小者に与えるものでしょう？」

番太たち十五人に分けるのではなかったのか？

「莫《ば》ぁ迦《か》。番太たちゃあ全員で三両、均一に分けりゃあ、ひとり頭三朱と五十文くれてやってンだろうが」

素早い計算だ。さすが金貸し、計算が早い。辰ノ輔も算術くらいは学んでいるが、合っているのかすらわからなかった。

「では、残りの二両は？　茂兵治殿、小者など雇っておらぬでしょうに」

「いンや。噂話をくれた客どもの利子を負けてやってたろ。――言ってみりゃ、俺から銭を借りてるやつらは全員俺の小者ってわけよ。利子は褒美の先払い。二両くれぇ貰《もら》ってなにが悪ィ？」

「いえ、それは……」

やっと解《げ》せた。これが〝銭もへ〟の狙《ねら》いであった。

（ちょっと聞くと、もっともなことを言っているようではあるが……）

しかし茂兵治の客は、取り立ての難しい厄介な客ばかり。

そんな客どもの利子の一部を、いわば町奉行からの褒美金で肩代わりさせたというわけだ。普通に払わせるより取りっぱぐれは無いというもの。

やはりこの男、ただの銭の亡者であったらしい。

辰ノ輔は、己の見る目の無さを悔いるばかりだ。

そんな話をしながら、ふたりは夜の浅草を歩く。

浅草といえば芝居小屋や女郎屋、あるいは参拝客で賑《にぎ》わう浅草寺《せんそうじ》だが、今辰ノ輔たちがいるのは、そういった町の真ん中からは外れたあたり。

華やかな大通りの一本裏には、そこで商売をする者たちが住まう長屋通りがあるものだ。——そして、そのまた一本裏には、そんな長屋の者たちを相手に商売する者たちのための長屋通りがあるものだった。

さらに、そのまた、そのまたを三度ほど繰り返したあたりの界隈《かいわい》に、茂兵治は用事があるという。道を一本越すごとに街並みはみすぼらしくなっていく。

「オウ、ここだ。この三軒長屋の真ん中の部屋。汚ぇトコだろ」

たしかに汚い。浅草より本所の方が貧しいと聞いていたが、ここまで『そのまた』を繰り返すと、さほど変わらぬものらしい。光の当たらぬどん底に、どうして見た目の差があろう。

赤鬼金太郎の〝銭もへ〟は、長屋の破れ障子戸を諸手《もろて》で摑《つか》むや……、

「——オラァッ、ぶち八！　開けやがれェ！」

と夜更けというのに声を荒らげ、戸をガタガタと揺すり始めた。

「中にいやがンだろ！　わかってンだからな！」

いつもの雷鳴がごとき大声に、中の〝ぶち八《はち》〟とやらより近所の者たちが先にちらほら顔を出す。左右隣の部屋に住む者たちや、別の長屋の者たちまでも。

だが相手が〝銭もへ〟と知り、「なんだまたか」と半数近くは戻っていった。残り半分は野次馬となる。

そもそも普通、夜中にこれほど騒いでいれば、周囲の住民たちが全員大慌てで駆けつけるもの。――なのに、ちらほらとしか出て来ないのは、おそらく〝銭もへ〟慣れしているということであろう。

やがて、穴だらけの障子戸が開く。

中から現れたのは、酒と垢《あか》の臭《にお》いをぷうんとさせている男であった。痩《や》せぎすで、歳《とし》は三十代後半ほど。今も飲んでいたのか足元はひどくふらついていた。

「おりやすよ旦那《だんな》……。そう騒がなくとも聞こえておりやす」

「うるせえ！　だったら、さっさと出てきやがれ！」

この男がぶち八であろう。辰ノ輔は、顔を見てすぐに察する。

男の顔の左半分には、いくつもの痣《あざ》があった。一文銭ほどの大きさをした紫色の丸が、まだらのぶち模様を作っていたのだ。

(なんたる異相……。しかも、ぶちは顔の左半分のみとは。よもや、なにかの流行《はや》り病《やまい》か⁉)

　思わず辰ノ輔は、ずさっ、と一歩あとずさったが――、

「コラァッ！　タツスケ、どこ行きやがる！」

　なぜか茂兵治に叱《しか》られた。

「いえ、病にかかっているのかと……」

「莫ぁ迦！　このツラは病じゃねえし、そもそも勝手に伝染《うつ》り病と決めつけ逃げるなンざァ公儀の役人がしていいことかァ？」

「は……。それはごもっとも」

　たしかに、ぶち八とやらには悪いことをした。面相に怯《おび》えて逃げるなど、武士同士なら斬り合いになってもおかしくない。――ただそれ以上に、普段は出鱈目《でたらめ》に生きている茂兵治がこんなときだけ真っ当なことを口にしたのが意外であった。

「タツスケよォ、コイツはホントの名前を玉八《たまはち》ってよォ、日雇いの力仕事を生業《なりわい》にしてる男よ。ふた月前に、一両も俺に借りやがったのさ」

　力仕事？　このひょろひょろのよれよれが？　借金をした理由は、酒に係わるものであろうか。

『ぶち八』はあだ名に決まっていようが、玉八というのも顔の痣を踏まえた上での名に思える。生まれつきの面相であるということか。

〝銭もへ〟は、そのまだら面を赤鬼面にて睨《にら》みつけていた。白い歯を剝《む》き、頭から齧《かじ》って喰らいつきそうなほどの形相だ。

「つうワケでぶち八よォ、おめえ、ずっと利子すら払っちゃいねえじゃねぇかい。——俺の大事なおぜぜ様、いいかげん返してもらおうか」

なるほど、わかってきた。この鬼、見た目で客を分け隔てぬのだ。どんな面貌《めんぼう》であろうと銭の前では等しいらしい。金貸しとして立派なことだ。

悪鬼羅刹《あっきらせつ》がごとき顔面を前にしては、だれもがそれこそ病人のように青ざめるものと思われたが……、

「ハア、〝銭もへ〟様も無茶なことを申される。——借りた銭なら、ぜんぶ飲んでしまって一文も残っちゃおりやせんぜ。しかも、ずっと働いてないから返せるはずもございやせん」

と、紫まだらの顔色を変えぬ。ずっと平気の平左であった。

「オウッ！　なら、どうすンだァ？　この〝銭もへ〟の借金を踏み倒せると思ってンのかい⁉　俺から借りた銭はよォ、女房子供をカタにしてでも返《け》ぇしてもらうぜ！」

「いえいえ、踏み倒すなど、そんなつもりは……。借りた銭を返すのは当たり前のことでありやしょうし」

ぶち八こと玉八は、やたらわざとらしく「うーん」と腕を組んで考え込むや、十ほど数えたあたりで、

「そうだ」

と、やはりわざとらしくポンと手を打つ。本当は今思いついたのではなく最初から考えていたことであろう。前にどこぞの与力もしていた小芝居だ。

「いかがでしょう〝銭もへ〟様、先ほどおっしゃっておられたやつで」

「ン？　どれのことだよ？」

「女房子供を売っ払ってでも、というやつでございやす。前から〝銭もへ〟様は『女房子供をカタにしてでも銭を返せ』だの『返せねえなら娘を連れてって売り飛ばすぞ』だのと、よくおっしゃっておられやすな？」

「オ……オウ、おっしゃってらァ」

「あっしの女房は十年も前にどっかへ逃げちまいやがってやすが……娘でしたらホレ、そこに」

ぶち八の指さす先は、長屋の部屋の奥の方。

ひとりの女が片隅に、物も言わずに座っていたのだ。――夜闇《よやみ》の中、ずっと真横を向きながら。

（うおっ、びっくりした⁉　まさか人が居《お》ったとは！）

辰ノ輔は今気がついた。剣術を学んだ身で、人の気配には敏《さと》いはずであったのに。

その女、歳のころは十六くらいか。なぜか壁をじっと見つめたままピクリとも動かずにいたのだが、窓からかぼそく差し込む月に照らされたその横顔は、かなりの美貌《びぼう》であるようだった。

「娘のおせんを借金のカタに差し出しやす。どうぞ連れていってくだせえやし」

その語り口は、どこか得意げですらあった。

話を聞いた辰ノ輔は、思わず――、

「ま、待て！　玉八とやら、お主、自分の娘を売る気か⁉　たった一両の借金で！」

と我がことのように慌てふためく。見ていた野次馬たちもざわめきを上げる。

しかし、当のぶち八は平気の平左のままであった。

「へえ、仕方ありやせん。銭を返せねぇンでやすから。〝銭もへ〟様といやぁ、貸した銭を取り立てるためなら地獄の果てまで追ってくるという銭の鬼。逃げられるはずもござンせん。――どうか、この娘のおせん、煮るなり焼くなり売っぱらうなり、お好きになようになさってくだせえ。野次馬に集まって来ている隣近所の者たちが証人でございやす」

「貴様、それでも本当に親か！　諦《あきら》めがよすぎるぞ！」

辰ノ輔は、茂兵治の方へと目を向ける。

この赤鬼金太郎、よもや本当に娘を連れていくのではあるまいな？　いやいや、本庄茂兵治はこれでも町奉行所の同心。江戸の太平のために働く侍だ。人買いや人攫《ひとさら》いのような真似《まね》はせぬはず。

しかも人前だ。近所の者たちが見ている前だ。無茶なことはしないであろう。

そう信じていたのだが、当の赤鬼同心は……、

「……オウ、そうだな。前から俺《おり》ゃあ『女房子供をカタにしてでも銭を返せ』だの『返せねえなら娘を連れてって売り飛ばすぞ』と、よく言ってた。だから返せねぇなら娘を連れてくのは当たりめぇなワケよ。──野次馬どももよく見てな！」

と履物も脱がずに部屋の中へと上がり込み、娘の腕を引っ掴むや、そのまま表へと引き摺《ず》り出した。

手を引っ張られた痛みのために、娘は「アアッ」とかぼそい悲鳴。

「ぶち八よ、自ら差し出すたァ、いい心がけだ！　娘はカタでいただいてくぜェ！」

茂兵治殿、おやめください。——そう駆け寄ろうとした辰ノ輔であったが、一歩踏み出したところで足は止まる。声も「もへっ」まで発したところで喉《のど》に詰まった。

ずっと横を向いていた娘の顔が、十六夜の月に照らされる。

奥側の、隠されていた半分が。

(これは……さては茂兵治殿、たばかられたか)

娘の顔の左半面は、父親と同じく痣でまだらとなっていたのだ。

五

豹《ひょう》、という生き物がいる。

虎《とら》の雌《めす》だ。かつて長崎《ながさき》から江戸に連れて来られて見世物にされたと記録にある。雄《おす》である虎はだれもが知るように縞《しま》の模様をしているが、雌である豹は玉ぶちのまだら模様であるという。

ぶち八の娘おせんの面相は、そんな異国の雌獣を辰ノ輔に想起させた。

(この娘の顔、近くで見るとなお麗しい……。母親が美しい女であったのだろうか？ なれど——)

その美貌の左側には、父親ゆずりで一文銭ほどの大きさをした、いくつもの紫色の丸ぶち模様。――もしかすると、ひとつひとつのまだらの位置や大きさも、父のぶち八とまったく同じかもしれぬ。

（……さては、この模様があるゆえ、なお麗しく思えるのだな。目が離せぬ）

正と奇の入り混じった、いわば『奇麗』とでも呼ぶべき有り様であった。豹も人喰いでありながら美しい獣であると聞く。

しかし、抱くとなったら話は別だ。

たとえば女郎屋でこのような女が出てきたら、辰ノ輔は悲鳴くらいは上げるであろう。短気な侍ならば斬り捨ててもおかしくあるまい。どうしても伝染《うつ》る病をうたぐってしまう。

このおせんという娘、からだのみを交える相手としては、ただただ怖ろしいだけの怪物として扱われかねなかった。

辰ノ輔と茂兵治、そしておせんの三人は、連れ立って隅田川《すみだがわ》の方角へと向かっていたが――、

「……どうにも参っちまったな、コリャ」

歩きながら、ずっと赤鬼茂兵治はぶうたれていた。

ぶち八に騙《だま》され、金にならぬ娘を摑まされたことを嘆いていたのであろう。おせんのような女、どこの店でも買ってはくれまい。客もだれも買いはしまい。――ごうつく〝銭もへ〟は、一文の銭にもならぬ女を一両のカタに受け取ってしまったのだ。

正直、強欲の天罰であると辰ノ輔は思う。

「茂兵治殿、そんなに参るのなら父親のもとへ返してきてはいかがです？」

「タツスケ、莫ぁ迦ヤロウ！　そンなことできるかい。――近所の野次馬どもの前で『娘をカタでいただく』と言っちまったンだ。返したりすりゃ舐《な》められて、明日から金貸し稼業をやってけねえ」

それもまた、ぶち八の思惑通り。

そういえば娘をカタにする話が出た際、近所の者たちが妙にざわめいていた。あれは、もしかすると『あんな顔の娘をどうやって銭に換える気なのか』というざわめきであったかもしれぬ。

「チッ、まったくよォ……。オウ、おせんっつったか？　テメー、いっつもそンな陰気くせえのか？」

あきれたことを訊《き》く男だ。多少陽気な気性であろうと、親の借金のせいで連れていかれるというのに明るく振る舞えるはずがない。

とはいえ、それを抜きにしても、この娘が普通より陰鬱《いんうつ》なのもまた事実であった。

茂兵治の問いに、おせんは――、

「……はい。いつも、こんな具合でございます」

と、うつむきながら返事をする。

（……いや、陰気な性分であることこそ仕方あるまい）

この面相だ。今まで苦労も多かったはず。暗くて当然とすら言えた。

だが人でなしの赤鬼は、白い歯をぎりりと鳴らしておせんの顔を睨《ね》めつける。

「そンな顔してねぇで笑いやがれ！　銭が泣かァ！　若ぇ女ってえのはニコニコしてりゃ、そンだけで銭になンだ。なのに、どうして笑わねぇ？　そんなンじゃ、どこにも買ってもらえねぇや！」

無体な言い草だ。理屈もおかしい。まるで彼女が銭にならぬのは陰気で愛想なしだからのようではないか。それが理由なわけではない。しかも……。

「おせんて名前《なめえ》に泣いてる顔は似合わねぇ。『せん』は『銭』って書くンだろ？　俺ゃあ銭が泣くのを見るのがいっとォ嫌ぇなンだ」

またも残酷なことを言う。

辰ノ輔も、おせんという名は『お銭』と書くのではと勘ぐっていた。――ただ、それは『銭が儲かりますように』という願いを込めてのものではあるまい。生まれつきの丸ぶち模様が、文銭を思わせるためであったろう。心なき赤鬼同心の言葉に、娘の面持ちはますます沈んだものとなる。

「あとよ、おめえなにか手に職はあンのか？　字がうめえとか、髪結いができるとか。料理がとびきりうめえンでもいいや。そんなら働き口もあるだろォよ」

「いえ、そういったものは……」

「ふン。なら、このまま来な。できるこたァふたつにひとつだ」

こんな調子で歩き続けて、刻《とき》はもう夜四つ（午後十時）。半端に丸い十六夜の月が、夜の江戸を照らしていた。

（いったい茂兵治殿は、おせんをどこへ連れていく気なのだ……？）

歩いているうちに、隅田川が見えてくる。

おなじみの吾妻橋であった。さては、いつもの〝銭もへ〟の莫蓙《ござ》で三人座り、ゆっくり今後を考える気か？

――と思ったら橋は渡らず、なぜか川沿いの道を北へと向かう。

（どこへ行く？　吾妻橋ではないのか？）

おせんも行き先がわからぬ不安で、豹の美貌を曇らせていた。――半町ほども歩いたあたりで、辰ノ輔は思い切って問うてみる。

「茂兵治殿、我らはどこへ行くのです？」

「オウ、このへんだ。もう着いた。——いつも河原沿いの道の、どっかそのあたりに居るはずなンだが」

すでにとっぷり夜更けというのに、なぜか道沿いにちらほら人影があった。

月があるとはいえ、いずれも灯りは手にしておらぬ。——草むらの中からも人の気配や息遣い、さらには押し殺したような声が聞こえてきていた。

（薄気味の悪いことだ……。とはいえ、なんであるのかは察しがつく。向こう岸の本所には〝七不思議〟とかいう狐狸《こり》妖怪の言い伝えがあるというが——）

しかし怪談の類《たぐい》などではあるまい。

そのうちに、夜露で青臭い草むらの中から……、

「——よォ、もへ。わちきを探してやがンのかい？」

と女がひとり現れる。茂兵治の知己であるらしい。

「居やがったか、おとめ。いかにもおめえを探してたのさ」

「へへ、やっぱり」

月に照らされるこの女、やや色黒ながらも整った面立ちの持ち主であった。しかし気になるのはその身なり。

帯がゆるんで着乱れていたが、着物はひらひらと舞う蝶《ちょう》の振袖《ふりそで》。

半分潰《つぶ》れた髷《まげ》は、わざとらしいほどの高島田《たかしまだ》。

半開きの唇には、血のように真っ赤な紅《べに》。

いずれも、毒々しいほど『女』を前に出していた。――気だるげな目蓋《まぶた》の奥では小《こ》狡《ずる》そうな瞳《ひとみ》がぎらつく。

しかも小脇に抱えていたのは、丸めた古い茣蓙であった。

女が河原で茣蓙といえば……。

（川で茣蓙というならば、どこぞの金貸し同心も川で茣蓙だが――）

しかし、こやつはそうではあるまい。

このおとめとやらは夜鷹《よたか》であるのだ。

いや、この毒々しい女だけではない。川沿いの道にちらほら見える人影は皆、夜鷹かその客であった。

「で、もへよォ。なンの用事だい」

「チョイと頼みがあンだよ。草の中から出てきたってこたァ、客の相手の最中だったか？　なら終わってからでいい。客や仕事は大事にしな。銭が泣く」

「なァに、さっき終わって川で女陰《ほと》を洗ってたトコさ」

女は草むらの中から、尻《しり》をぼりぼり掻《か》きながら寄ってくる。

近くで見ると、蝶柄の着物は思った以上に着乱れていた。胸元は大きくはだけ、裾《すそ》も膝《ひざ》まで露《あら》わとなっている。このだらしのなさ、いかにも夜鷹丸出しであった。

（これが江戸の夜鷹……。考えてみれば、近くで見るのは初めてであったか。安い女が色黒なのは、多摩の方でも同じであるが――）

しげしげと珍しがって眺めていると、向こうも視線に気づいたようで、じっとこちらを見返しながら彼のもとへと近づいてくる。口元には紅の微笑《ほほえ》み。

そして顔をうんと寄せ、ぷうんと安白粉《やすおしろい》の臭いをさせながら……、

「コラァ障子顔、でれっとしたツラで見てンじゃねえよ！　見ンなら買いな！」

と、いきなり乱暴な言葉を投げかけてきた。

横におせんがいるというのに人聞きの悪いことを言う夜鷹だ。さすがにむっと眉をしかめた。

「拙者、でれっとなどしておらぬ」

「へえへえ、そうかい。三本差しの旦那、ワリィことを申しやした。――もへよ、おめえ新米の顔見せに来たのかい？」

「オウ。タツスケってな、俺の手伝いをやらせてる。――タツスケ、こいつは〝蛇《じゃ》ノ目《め》のおとめ〟。ここいらの夜鷹を仕切る頭《カシラ》よ」

『蛇ノ目』の二つ名は、丸く大きな乳房を蛇ノ目模様になぞらえたものであるという。ここいらというのは具体的には、吾妻橋の西岸浅草側のうち、橋のたもとから北へ半町（約五十米《メートル》）までとのことだ。

江戸の道をよく知らぬ辰ノ輔だが、それでもわかった。おとめが仕切っているのはあまりよい縄張りではない。

少し歩けば浅草の色街が近くにあるので銭のある客はそちらに行く。また河原沿いの道も、橋より南側の方が人通りは多い。北には江戸の果てがあるだけだ。

とはいえ、この毒々しい女が近隣でちょっとした顔というのは確かであろう。

〝銭もへ〟茂兵治もこの夜鷹の頭《カシラ》を頼りにしているらしく――。

「実はよ、おとめ。今夜来た一番の用事は、新米の顔見せじゃねえ。もっと別の用事があンだ。――チョイと頼みてぇことがある」

傍若無人《ぼうじゃくぶじん》な赤鬼金太郎が『やれ』と命ずるのでなく『頼みてぇ』とは。

しかも、その頼みとは……。

「この娘——おせんってンだが、夜鷹にしてえ。面倒見てやってくンな」

急に名を出され、おせんはびくりと背を震わせた。辰ノ輔も目を見張る。

(女郎屋では買い取ってくれぬから、代わりに夜鷹で稼がせるというのか⁉　だが、そう上手くいくものか……?)

たしかに夜鷹は、店の女郎よりうんと安い。だが、それでもこの面相だ。病が伝染《うつ》るかもしれぬ女を、どんな男が買うというのか?

しかし〝蛇ノ目のおとめ〟は、

「オウ、いいともよ」

と二つ返事。まさか痣に気づいておらぬのか?　辰ノ輔が思わず横から、

「よいのか?」

と訊ねると、おとめは再び「オウ」と迷いなく答える。

「たりめぇだ。夜鷹だからよォ。鼻っ欠けだろうが、目蓋がパンパンに腫《は》れてようが、あちこちズルズルに膿《う》ンでようが、なンとでもなるもンさ。——おせんっつったか。おめえはうんと白粉《おしろい》を塗るがいいや。どうせ夜ならわからねえ」

昼には化粧でも隠せぬまだら模様も、夜闇は優しく隠すという。

「けど月の明るい夜は、あんまり立たねぇ方がいいだろォな。鼻っ欠けや日蓋パンパン膿《うみ》ズルズルは、満月あたりは休ませてっから。――おせん、おめえも月のモンを満月に合わせな。どうせ休むンだから、休まなきゃいけねぇときに合わせろや」

無茶を言う。自分で時期を選べぬのが月のものというものだ。

言われたおせんも戸惑っていたが、さらに畳みかけるようにおとめは――、

「ところで、おめえ女陰《ほと》に物を入れたことは？」

などと答え難かろうことを問うてきた。

「いえ、あたくしは……」

「生娘《きむすめ》かい？　魔羅《まら》以外《いげえ》の物を入れたことも？」

「ありません……」

「そうかい。ンじゃ慣れな。コイツを詰めろ」

そう言って振袖のたもとから取り出したのは、大きさ一寸ばかりの綿のかたまり。

古い布団か綿入れ半纏《はんてん》をばらして丸めたものかもしれぬ。

「綿を女陰穴ン奥に詰めとくとよォ、コイツが蓋《ふた》になって孕《はら》まずに済むって寸法よ。

――ひとつタダでくれてやらァ。手ぇ出しな」

言われるがまま、おせんは手のひらを差し出す。その手は、ぶるぶると震えていた。

これではなにも受け取れまい。

顔もひどく怯えており、脂汗が額にいくつも玉を作る。――それを見た〝蛇ノ目のおとめ〟は、なんとも意地の悪い笑みを浮かべつつ綿玉を摘まんだ手を引っ込めた。

「なに震えてやがンだよ？　使わねェなら、そンでもいいぜ？」

「い……いえ、そんな……」

「なら、さっさと受け取るがいいや。それと夜鷹をするときのコツってえのを教えてやる。魔羅のちいちぇそうな客を探すンだ。デケえの相手すっと疲れるし、腫れて色も悪くなっからよォ。――わちきとしたことがどじこいて、今夜だけでデケえの二本も入れちまった。ひりひりすらァ」

おとめは着物の裾を、股ぐら近くまでまくり上げる。

腫れて色が悪くなったそれを見てみろ、ということであろう。おせんは咄嗟《とっさ》に目を逸《そ》らしていた。

横にいた辰ノ輔も顔を背けはしたものの瞳は釘付《くぎづ》けになったまま。夜鷹の頭《カシラ》は、またも意地の悪い笑み。――今度はおせんでなく辰ノ輔をからかっていたのだ。

「魔羅のでかさは慣れりゃあ着物の上から大体《でえてえ》わかっからよォ。この新米《タッスケ》は相手にすンな。デケぇだろォから。――逆に、もへの野郎はちっちぇえから狙《ねれ》ぇ目だ。見なくてもわからァ」

茂兵治は口をむすりとさせるが言い返しはせぬ。これは当たりということか。それとも外れであるからこそか。

品の無い言葉を並べられ、おせんは恥ずかしがって赤くなるやら、血の気が引いて青くなるやら。――そこにおとめは、とどめとばかりにまくしたてる。

「まァ、らくちんな商売よ。ひとり客を取りゃ二十四文。――ひと晩五人かそこいら相手すりゃ、ふた晩で一朱（二百五十文）、八夜で一分（一千文）、ひと月もやりゃ一両（四千文）にならァ。そしたら、わちきにゃシマ代で半分チョイもくれりゃいい。なァに、ずっと寝てりゃあいいだけさ。面倒なのは毎回、川で女陰を洗わなきゃなンねぇくれぇだが、ありがてぇことにここいらは吾妻橋の北側。上流だ。下流の夜鷹はわちきらが洗った汚ぇ水で洗うンだから、それよかマシってぇモンさ。それが一番うれしいことさァね。どォでぇ、やりたくなったろう？　わちきに履き物を預けりゃ、一生ずっと夜鷹でやっていけっぜ」

いずれもろくな話ではない。やりたくなる道理などあるまい。

（一生ずっと夜鷹で、とは……。怖ろしくなるだけであろうに）

だが辰ノ輔とて、おとめの思惑は察しがついた。

おせんが綿玉を受け取らなかったから、この夜鷹の頭《カシラ》は怒っていたのだ。綿と自分《おとめ》を汚らしいと、まだ無垢《むく》な手を震わせたから。

今、おせんの顔色はまさしく蒼白《そうはく》。

血の気の引いた白い肌に、赤紫の丸ぶちはくっきり鮮やかな模様を作っていた。

「手ぇ出せよ」

夜鷹の節くれた指が、ふたたび綿の玉を摘まんで差し出す。

「今晩から、こいつを詰めて客を取ンな」

受け取れば、今から夜鷹だ。――おせんの背中や膝はがくがくと震えていたが、手は凍りついたように動かない。まだらの頬が涙で濡《ぬ》れる。

おとめは「ふふン」と鼻を鳴らした。

「もへよォ、この女、わちきンとこじゃ要らねぇや。――次ゃあ、もっと根性モンを連れてきな」

六

茂兵治とおせん、そして辰ノ輔の三人は、夜鷹たちの立つ河原道を去り、いつもの吾妻橋浅草側たもとの番屋へ赴く。

そして、めそめそ泣きじゃくるおせんを床机《しょうぎ》に座らせると番太たちに頼んで番茶を出させた。しばらく待てば、この娘も落ち着こう。

なにか慰めの言葉をかけてやるべきであろうか。しかし、なにを言えばよい？

夜鷹など、できずとも当然である。気を落とすことはない。——とでも？

だが、それで今は泣き止《や》んだとて〝銭もへ〟から借りた一両が帳消しになるわけではない。悩みを先送りにしているだけのこと。

本当は、泣いているおせんもわかっていよう。借金を返すには〝蛇ノ目のおとめ〟のもとで夜鷹になるしかないのだと。——上前を半分以上撥《は》ねられるのは苦しかろうが、それでも何か月か働けば一両くらいは返せるはずだ。ヒャクイチの利子でも毎日少しずつ返していけば、そこまで大きく膨らまぬ。

ただ、だからといって今まさに涙を流す気の毒な娘に、残酷な答えを告げる気にはなれなかった。

辰ノ輔がそのようなことを考えている一方で……。

「——で、俺のいねぇ間に客は来たか？」

「へえ。返しに来られた方が三人ほど。帳面をご覧くだせえ」

「オッ、感心なこった。……フンフン、その三人か。ホントはもっと利子が膨らんでから返してくれりゃよかったンだがよ。マ、欲を掻いたら銭が泣かぁ」

〝銭もへ〟茂兵治は、番太頭の末蔵と共に金貸し仕事の真っ最中。

この末蔵も、いつ来ても番屋にいるが、家に帰っていないのであろうか。

やがて留守の間の金勘定を確かめ終えると——、

「こらァ！　おゼニ、いつまで泣いてやがンだ！」

名を間違えて呼びながら、おせんの座る床机を蹴り飛ばす。

銭模様の娘は、床に転げながら「きゃあっ」とかぼそく悲鳴を上げていた。

「茂兵治殿、乱暴はおやめくだされ。女人《にょにん》ですぞ」

「ハア？　莫ぁ迦、タツスケ莫ぁ迦ヤロウ！　テメー同心のくせに相手が男か女かで態度を変えるってぇのかァ？　人殺しの盗賊でも、めそめそ泣いてる娘なら甘くしてやる気なのかよ？」

「い、いや……。それは話が別でしょう」

同心としてでなく、人としての話である。

——とはいえ一理なくもない。もし若い娘でなく、むくつけき荒くれ男であったとしても同じように庇《かば》ったろうか？　相手次第で態度を変えるというのは、茂兵治の言う通り、町奉行所の同心として正しきことではないはずだ。許されぬ。

辰ノ輔が迷っている間に、またも茂兵治は名を呼び間違えつつ話を進める。

「おゼニよぉ、おめえ、そンなに夜鷹は嫌かい？」

「はい……。連れて行ってくださった〝銭もへ〟様には申し訳ございませんが、あのようなお仕事、あたくしには……」

「ふン、だれだって最初から向いてる仕事なンざあるわきゃねぇよ。試しもせずにできねぇと決めつけるたァ、おとめの言うよォに根性ナシだな。向いてねぇ」

「はい……」

「だったらよォ、おめえがどうしても夜鷹は無理っつうンなら——」

〝銭もへ〟本庄茂兵治の赤鬼顔は、その白い牙を剝く。

笑ったのではない。それは怒りの形相。

目の前で泣く娘のことを、心の奥底から腹立たしく感じていたのだ。

「明日、別の勤め口に連れてってやらァ。けど、これで最後だ。次はねえ」

夜鷹が務まらぬ者に勧める、また別の……最後の勤め口があるという。

「夜鷹よかぁ銭は安ィし、夜鷹みてぇに寝てりゃいいってワケじゃねえ。だが夜鷹じゃねえ。そンだきゃ真面《まじ》だ」

辰ノ輔は、江戸にどんな女の仕事があるのかよく知らぬ。だが、それでも――。

（……おそらく、夜鷹よりひどい職であろう）

詳しく聞かずとも、その程度は察しがついた。

この娘に務まる職など、そうそういくつもあるはずがない。夜鷹以上に過酷で残酷、夜鷹以上に女の誇りを奪われる、そんな仕事であるはずだ。

おせんも同じく察していよう。

しかし一方で、もう後が無いとも知っていた。もう断れぬ。もう逃げられぬ。

「よろしくお願いいたします……」

前に泣いたときのそれもまだ乾いておらぬというのに、また一筋、模様つきの頬に塩辛い涙の線がつく。

「なら明日の真昼九つ橋に来やがれ。――それまで長屋に帰《けえ》って、おっ父《とお》と最後の別れと洒落《しゃれ》込むがいいや」

七

もう夜四つ。

辰ノ輔は、屋敷に帰ることにした。隅田川の土手道を八丁堀へと南に向かう。
(茂兵治殿、ただの悪徳高利貸しであったか……。気の毒な娘にひどいことを)
己の目は節穴であったと激しく悔いる。あのような銭の亡者を『世の役に立ってい
る男』と勘違いしていたとは。
今から与力の池田に頼み、茂兵治を高利貸しの罪で捕らえられぬものであろうか？
あるいは、おせんの借金一両、自分が肩代わりしてくれようか。
腹を立てつつ大股の歩幅で歩いていると、鼻にぷうんと出汁《だし》つゆの匂《にお》い。
見れば、二八蕎麦《にはちそば》の屋台であった。
(そういえば夕餉を食いそびれていたか)
せっかくの佳代の弁当は、茂兵治と番太頭の末蔵にくれてしまった。ずっと気にせ
ぬようにしていたが、思い返すと腹が立ち、ついでに腹も減ってくる。
匂いに胃袋をくすぐられて我慢ができず一杯頼むことにした。
「親爺《おやじ》よ、蕎麦をひとつ。大盛りで頼む」
「へえ。二十四文でさ」
二八蕎麦というだけあって二八が十六で十六文。
大盛りは蕎麦が半玉多く、八文足して二十四文。

江戸の町ではどの方角へ向かおうと、二、三町（約二百〜三百米）歩けば蕎麦の屋台にぶちあたる。どこの屋台も同じ値段で、量もだいたい同じくらい。

味も同じ組み立てで、ほぼほぼ同じ程度の旨《うま》さであった。

多摩の田舎《いなか》では、蕎麦の出汁つゆといえば透き通った黄色の塩味であったが、江戸ではそこに醤油《しょうゆ》を贅沢《ぜいたく》にぶち込んで真っ黒にしてある。

味は濃厚。くせになる。ひと口目だけなら田舎風の澄んだつゆも悪くない。しかし、ふた口目からが旨いのは江戸風だ。――ずるずると蕎麦をたぐるたび、歩き疲れた同心の身体《からだ》に黒い醤油味が染みていった。江戸には旨いものが溢《あふ》れている。

（しかし、二十四文とは……）

夜鷹の値段は二十四文。――〝蛇ノ目のおとめ〟がそう言っていた。

大盛りの蕎麦と同じ値だ。


屋敷に帰ると、義妹の佳代はまだ起きていた。行燈《あんどん》の灯《ひ》に十七歳の唇が照らされる。

「辰ノ輔様、お帰りなさいませ」

「待っていてくださったのですか⁉　もう、こんな夜更けというのに」

「ほほ。いいえ、ご無礼ながら寝ておりました。気配で起きただけでございます」

いいや嘘だ。だったら、なにゆえ寝間着を着ておらぬ。

この娘は夕方ぶらりと出ていった辰ノ輔を、ずっと眠らず待っていたのだ。己が罪深さに胸がきりきり痛くなる。

「佳代殿、申し訳ござらぬ……」

「いいえ、御役目ですもの。ご苦労様でございました。——父もよく、いきなり表に出かけては、そのまま夜更けや朝まで帰って来ぬことがありました。わたくしも同心の娘。お忙しいのは存じております」

ますます胸が苦しくなる。

辰ノ輔が夜遅くまでしていたのは、廻り方同心の仕事ではない。

悪徳高利貸しである〝銭もへ〟の手伝い——ひいては気の毒なおせんを売り飛ばす手伝いであったのだ。

（おせんは、たしか十六……。佳代殿よりひとつ下、ほぼ変わらぬ歳であるのか）

この義妹が、借金で身を売ることになったなら、おせん同様泣くであろうか？　あるいは気丈に振る舞うだろうか？

夜鷹の頭《カシラ》の丸めた綿の玉を、その手に取るのか、拒むのか。

──佳代がいずれを選ぼうと、きっと辰ノ輔は生きてはおれぬ。その場で腹を切るはずだ。綿を受け取る姿も、受け取れずに泣く顔も、見るくらいならば死んだ方がましであった。

「ところで、お腹は空いておられませんか？　よければ、なにかお作りしますが」

「い……いや、腹はいっぱいで」

二十四文の蕎麦大盛りが、未《いま》だにずしりと胃袋に重い。

また、これ以上佳代に労をかけるというのも気が引けた。

そういえば、腹というなら──。

「弁当、美味にござりました。──茂兵治殿も、旨い旨いと申しておりましたぞ」

本当は食べておらぬが、礼くらい言わねば気がすまぬ。

そんな彼の言葉を聞いて十七の義妹は、

「まあ、茂兵治様が！」

もとから朗らかで花の咲いたような面立ちを、さらにぱあっと晴れさせる。

正直言って、不快であった。

やはり茂兵治を好いているのか？　あんな赤鬼のことなど気にかけず、辰ノ輔のことだけ想ってくれればよいものを。

(佳代殿に教えてやろうか。あの〝銭もへ〟が、気の毒なおせんをどのように泣かせたか……。あの男は、借金のカタに女を売り飛ばす極悪人であるのですぞ)

――そう叫んでやりたかったが、さすがに我慢することにした。

これはただの焼き餅《もち》。単なる私憤。

いくら〝つげぐち辰ノ輔〟といえど、そんな告げ口はすべきでない。

「よろしければお弁当、明日もご用意いたしましょうか？」

佳代のまぶしき笑みでの申し出に、辰ノ輔は己の顔が行燈の影側なのを念入りに確かめた上で――、

「お願いいたします。茂兵治殿も喜ぶでしょう」

と苦々しき面《つら》にて返事をした。

大盛りで腹に溜《た》まった蕎麦と鬱憤《うっぷん》が、ごろろと音を立てていた。

八

翌日。もうじき真昼九つ、午《うま》の刻。

いつもの吾妻橋の中ほどにて、茂兵治と辰ノ輔は雁首《がんくび》を並べ立っていた。

「そろそろ九つですな」

「オウ」

弁当は今日もふたり分。――番太頭の末蔵は、さすが気遣いのできる男だ。なにかを察したらしく、四半刻ほど前に『あっしは番屋に弁当を置いてやすので』と一旦《いったん》ふたりの前から去っていった。

やっと辰ノ輔も、佳代の弁当を食えるというもの。そう思っていたのだが……。

「オッ、来たぜ。チョイと早く来るたァ感心なこった」

まだ真昼九つの鐘が鳴る前というのに、橋の浅草側からおせんの姿。

手ぬぐいのほっかむりで銭まだらを隠そうとしていたようだが、すれ違う者たちが皆、振り向いているのを見るに、どうやら隠し切れてはおらぬらしい。

「オオイ、おゼニよ。こっちに来やがれ」

茂兵治が手を振ると、しずしずとこちらに寄ってきた。

昼間に見るとよくわかる。この娘、十六歳の花盛りというのに、なんと暗い瞳をしているのか。――顔のまだら模様より、それを隠すほっかむりより、闇のようなまなざしの方がずっと遠くから目立っていた。

「偉《えれ》ぇぞ。逃げずによく来た。――おっ父との別れは済ンだか？」

「はい……」

「ンじゃ行くぞ。勤め先に連れてってやらァ」

おせんが覚悟を決め、歩き出そうとする、その間際――。

「……お待ちを」

辰ノ輔は、ふたりを止めた。

こんな暗い瞳をした娘、なにかしてやらねば心が痛くて仕方ない。

「おせんよ、飯は食ったか？」

「……？　いいえ、ご飯など」

「ならば、これを食え。腹が満ちれば、少しくらいは元気も出よう」

そう言って、佳代の作ってくれた弁当を手渡した。

ただの欺瞞《ぎまん》だ。おせんのためでなく己のため。胸の苦しさから逃れたいという一心にての、己のためだけの行いである。

向こうは闇の目のまま、きょとんとした面持ちにて受け取った。

二人前の弁当のうち、もうひとつは茂兵治へ渡す。

「こちらは茂兵治殿の分です」

「ふン？　いいのか？」

「拙者、今は飯を食べたくないゆえ」

どうせ佳代としても本当は、茂兵治のためにこしらえたはず。自分で食うより弁当も喜ぶであろう。

「そうかい。ンじゃ歩きながら食うとすっか。——行くぞ、おめえら」

辰ノ輔とおせんは、茂兵治に連れられて橋の西岸、浅草側へと渡る。

おせんにしてみれば来た道を引き返すことになる。——強面《こわもて》の〝銭もへ〟を連れているためか。今度はだれも顔を覗き込んだりしなかった。


その後、なかなかの距離を歩かされることになる。

隅田川の川沿いを、ひたすら南へ南へと。

二里ほど歩くと奉行所の近くになるが、まだ目的の場所へと着かぬという。女であるおせんの足に合わせねばならぬため、すでに一刻以上が経っていた。

(茂兵治殿、おせんをどこへと連れて行く気なのだ……?)

夜鷹ではないが、おそらく夜鷹よりも過酷な職。

どこかの女郎屋か、あるいは妓楼《ぎろう》か。この娘の顔ならば、たとえば見世物小屋で

『豹女』として晒《さら》されるのもあり得よう。――また、珍しい容貌の娘をあえて抱いたり踊らせたりする趣味者も広い世には居るかもしれぬ。女の地獄に底は無い。

（しかし、この先にそのような店などあるのか？　むしろ通り過ぎた浅草や吉原《よしわら》あたりこそ、いかにもな界隈《かいわい》であったろうに）

途中、歩きながらおせんと茂兵治は、辰ノ輔の与えた弁当を開く。

竹皮の包みを開くと、中は大きな握り飯ふたつ。漬物が数切れ添えてある。

無骨な弁当だが、同心の娘として長年父親の飯を用意してきた佳代のこしらえたものだ。廻り方同心が御役目中に食うのに適した工夫を凝らしてあるはず。

おそらくは、汗で流れた塩気を補うよう味つけは濃いめ、小走りしながらでも食えるよう握りは固め。――いわば〝同心弁当〟とでも呼ぶべきか。

ふたりが食べているのを傍目《はため》で見るに、具は梅干しと、干し鯵《あじ》の身。鯵は身がほぐしてあるが、これも骨が喉に引っかからぬための配慮であった。

食わずとも旨いとわかる。味そのものよりも、食す者へのきめ細やかな気遣いこそが、そのまま強烈な旨みとなろう。辰ノ輔としては、食えぬことが悔しくてたまらなかったが――、

「――うっ、うぇッ」

おせんの胃袋は受けつけなかった。

何口か食べたところで、すべて道ばたへ吐いてしまう。もったいないが、これも無理からぬことであろう。彼女を責めることはできまい。

むしろ褒めたい。これからどのような目に遭《あ》うかを思えば、よくぞ、わずかとはいえ口へ入れた。この娘、思っていたよりずっと強く、前向きな心根の持ち主であったかもしれぬ。

この調子で歩き続けること、もう半里（約二粁）。

気がつけば、石川島《いしかわじま》の埋立地——。茂兵治はぴたりと歩を止める。

「着いたぜ、ここだ」

歯を剝いて笑う赤鬼同心を前に、辰ノ輔は驚きのあまり目を剝いた。当のおせんも似た面持ちだ。普通、そうなる。だれであろうとそうなろう。

茂兵治がおせんを連れてきた先は、女郎屋でも妓楼でも、ましてや見世物小屋でもない。少なくとも若い娘を売り飛ばすための場所ではなかった。

そこは、なんと……。

「ここは、人足寄せ場ではございませぬか！」

辰ノ輔は思わず声を上げてしまった。来るのは初めてだが門に掲げた看板を見ればすぐわかる。

人足寄せ場。――公儀の施設であり、所管は寄場奉行。

およそ五十年前の寛政《かんせい》期、当時の火付盗賊改方《ひつけとうぞくあらためかた》（加役方《かやくかた》）である長谷川平蔵宣以《はせがわへいぞうのぶため》の献策により設立されたものである。そのために創設時は〝加役方人足寄場〟との名称で呼ばれていた。

罪人のうち死罪や島送りにするほどでもない者どもを投獄し、咎に応じた年数だけ労役させる。――そんな、一種の『刑場』であった。

「そう。人足寄せ場よ。おゼニよォ、今日からおめえはここで働くンだ」

やはり、そのために連れてきたのか。そうでなければ石川島など用は無い。おせんは膝から土の地べたに崩れ落ち、背を震わせながらまた泣いていた。

なにせ刑場だ。これから彼女は、罪人が罰としてさせられる過酷な苦役をさせられるのだ。涙くらいは流すであろう。

「茂兵治殿、お待ちを！　人足寄せ場は、罪人の入るところでございましょう⁉」

「オウともよ。多摩のタツスケも知ってたか。入墨刑や敲《たたき》刑くれえの罪人や、流浪の無宿人、がらのワリィならず者《モン》なンかをぶち込んで働かせるトコよ。普通はな。――俺ゃあ、たまに銭の返せねぇ野郎を放り込むことにしてンだ。ここは町奉行所とも縁《えん》深《ぶけ》えところだからよ、融通が効く」

なんたる非道。なんたる無法。

さすがに黙っているわけにはいかぬ。

「ただ銭を借りただけの者を、罪人扱いするのですか⁉」

「オウ、そりゃそうだ。俺の大事な銭チャンを泣かせたンだぞ？　吾妻橋じゃ四つのガキでも知ってらァ。〝銭もへ〟の銭を返さねぇやつァ大罪人なンだよ！」

真昼に歩いて日に焼けたのか。茂兵治の肌はいつにも増して真っ赤であり、本物の地獄の鬼のようにも見えた。

その怖ろしき赤鬼は、地に膝をついて震えるおせんの手首を摑み上げるや、

「来やがれッ！」

と、寄せ場の門へ引き摺ろうとする。——すでに娘の心はくじけていたのか、さして逆らうこともなく、まるで祭りで川に流す紙人形のごとく。真っ赤な腕にただ引っ張られるがまま。だが……、

「……お手を、お放しくだされ」

辰ノ輔は、鬼の前へと立ちはだかった。

見過ごせぬ。素通りさせぬ。憐れな娘が泣くのを許せば〝つげぐち辰ノ輔〟の名が

泣こう。この名は悪事を見逃さぬからこそそのものなのだ。

右手が、刀の柄《つか》へとかかる。

「……タツスケ、真面《まじ》か？」

「拙者、障子紙ゆえ」

佳代殿、すまぬ。

同心同士の刃傷沙汰《にんじょうざた》となれば、処罰は己だけでは済むまい。佐々木家も取り潰しとなるかもしれぬ。——困窮した家の女がどれほど悲惨な目に遭うか、今まさに、この目で見ているというのに。

しかし、それでも止まらぬ。自分は正しいことしかできぬ。

（本庄茂兵治……。この男、強いか弱いか。未だ剣を目にしたことは無いが——いずれであろうと同じこと。この佐々木辰ノ輔、相手を選んで剣を抜くような卑劣な真似はせぬ。

右手《めて》が柄を握ろうとした、その刹那《せつな》……。

「抜くンじゃねえ！　チッ。逃げねぇように怖がらせただけだってェの」

茂兵治は、おせんの手首を放す。

戦意が無いのを知り、辰ノ輔もすぐさま己の剣から手を引いた。

気がつけば、寄せ場の番人やら役人やらが周囲を遠巻きに囲んでいた。さすがは罪人どもを扱う者たち。門の前で刃傷沙汰の起こる気配を感じ取ったのであろう。もし剣を抜いていれば、そのまま取り押さえられていたか、何人かと斬り合う羽目になっていた。——とはいえ辰ノ輔は無辜《むこ》の者を斬らぬので、すぐに取り押さえられていたはずだ。

「おめえら散りな！　なンでもねえ！　この多摩の田舎っぺぇがよォ、人足寄せ場のことで『よくある勘違《かんちげ》ぇ』をしただけよ！　前もあったろ。女が可哀想《かわいそう》とか、ええカッコしいで騒いでて、それでチョイと揉《も》めてただけよ！」

この茂兵治の言葉に、寄せ場の番人、役人たちは、

『——ああ、そういうことか』

と薄笑いにて退《ひ》いていく。

どういうことか？　寄せ場一同の態度からして、たまに似たような揉めごとが起こるとでも？　自分はなにを勘違いしたのだ？

この人足寄せ場は、罪人に労役を科すための場所ではないというのか？

「茂兵治殿、どういうことなのです？」

「どうもこうも。おめえ、ここを罪人を罰するためだけのトコと勘違ぇしてたろ？」

「……違うので？」

「違ぇよ。だけじゃねえ。寄せ場《こ こ》に勤めてる連中に謝ンな。作った火盗の長谷川ナントカ様にも。――ここはよォ、ホントはただの刑場じゃねえ。もともとは食うに困った連中に、手に職をつけさせてやるトコなのさ」

罪人や無宿人などをただ罰したのみで娑婆《しゃば》に出しては、いずれ暮らしに困窮し、結局はまた悪事に手を染めるだけ。

そうならぬよう大工仕事や職人仕事、あるいは読み書き算盤《そろばん》などを習わせて、表で暮らしに困らぬようにする。――それが人足寄せ場、本来の理念であった。

さほど数こそ多くはないが、別段罪を犯しておらぬ者が、家から通いで働きに来ることもある。

その場合、囚人として収監されぬ分、それなりの手当が支払われる。仕事によって額は当然異なるが、たとえば土木仕事なら手配師が派手に中抜きできぬ分、普通よりも多く貰えることすらあったという。

茂兵治の説明を受け、辰ノ輔は『本当だろうか』と疑念を持ったが、近くに残っていた寄せ場の者らがウンウン頷《うなず》いているのを見るに、どうやら事実であるらしい。

ここで働く者たちも、ただの刑場と思われるのを苦々しく思っていたのであろう。

「だから、おゼニ、泣くンじゃねぇ！　この人足寄せ場で働きゃあ、たとえば髪結い、画工、木彫りに小細工、おめえに向いてる仕事が習えるはずよ。手に職がつきゃ、そのご面相でも食っていけるし、俺への銭も返せらァ」

そういうことであったのか。

どうやら、この赤鬼金太郎、辰ノ輔よりずっとおせんのことを考えていたらしい。今後もずっと暮らしていくために、人足寄せ場で仕事を学ばせる気であったのだ。

（最初、夜鷹にしようとしたのは、おせんに脅しをかますためか？　最初から寄せ場では嫌がろうから、まずはもっと酷《ひど》い夜鷹の仕事を見せたと？）

いや、もしかすると夜鷹も『手に職』のひとつと考えていたのかもしれぬ。おせんが望めば、信頼する頭《カシラ》に預け『一生やっていける夜鷹』にしようと。

いずれにしても、この娘を想ってのことに違いあるまい。

（さすがは〝銭もへ〟茂兵治殿……。誤っていたのは拙者であった）

やはり、世のためになる男であったか。

「どォでぇ、おゼニ？」

名を間違えられたままのおせんは、銭まだらの顔をうつむかせたまま、

「はい……」

と、かぼそく返事をした。

寄せ場の門番が、そっと辰ノ輔のもとへと寄って耳打ちをする。

「人足寄せ場を『本当の使い方』で使ってくださる方は、世にほんのわずかのみ。──そのうちひとりが〝銭もへ〟茂兵治殿でございます」

門番は、にんまりと誇らしげであった。

九

今度は隅田川沿いの道を、北へ北へと戻っていく。

おせんを人足寄せ場に置いて、茂兵治とふたりきりであった。

「茂兵治殿、知らぬこととはいえ、なんとお詫《わ》びすればよいか……。拙者、弁当を譲ってよかったと思っております」

「なンだァそりゃ？　謝ンならちゃんと謝れ」

別に、ふざけているわけでなかった。辰ノ輔にとって今一番の詫び言葉だ。剣を抜きかけたことでなく、疑ったことへの謝罪である。

そろそろ日も傾きかけて、橋に戻ったころにはちょうど夕の客の集まる刻となろう。

〝銭もへ〟め、けちだけあって動きに無駄というものがない。

そう感心していたのだが――、

「チョイと寄り道してくぜェ」

なぜか吾妻橋でなく、浅草の奥へと向かう。

表通りから裏へと外れ、さらに『そのまた裏、そのまた裏』を三度繰り返したあたりにある薄汚い長屋町。

茂兵治が訪ねたのは、そんな界隈のうちの見覚えのある三軒長屋であった。

「ここは……ぶち八の長屋ですな？」

「オウともよ」

三軒のうち右側が、おせんの父親――ぶち八こと玉八の部屋だ。

「オラァッ、ぶち八！　いやがンだろォ！」

茂兵治は、赤鬼の形相にてぱあんと障子戸を開けた。ゆうべと違い、しんばり棒はかかっていない。室内は安酒の臭いが満ちていた。

中にいたのは布団で横になるぶち八と、頭の禿《は》げかかった初老の男だ。

「旦那がた……。どうか、お静かになさってくださいまし」

「テメーは、だれだ？」

「この長屋の大家にございます。玉八め、今朝がたから具合を悪くし、ずっと起き上がれぬままで……。もとから病の身でありましたが、立ち上がって人と会ったのは、ゆうべの旦那がたが最後でしょう」

昨夜、取り立てに来た際、この大家も野次馬として見ていたらしい。

だが、それよりも病だと？　最後というのは、つまり死にかけということか。

(死の病⁉　では、やはり顔のまだら模様は――‼)

辰ノ輔は、びくりと背筋を跳ねさせ、一歩後ろへ退《の》こうとしたが――、

「莫ぁ迦！　顔のは関係ねぇよ」

ばちん、と月代を茂兵治にはたかれた。口に出したわけではなかったが、顔には出てしまっていたらしい。

「こりゃ、亀腹《かめばら》（胃がん）だ。うつるような病じゃねえ」

禿げかけの大家が、ぺこりと会釈してから同心ふたりの話に入ってきた。

「旦那、よく御存知で。ぶち八は半年前から胃の亀で、高い薬を飲んでも治らず、ここしばらくは酒で痛みをごまかしておりましたが――」

高い薬？　では、もしや〝銭もへ〟からの借金は、薬代のためであったか？

てっきり飲み代のためと思っていたのに。

「しかし、そろそろ駄目でございましょう。今夜か明日が峠《とうげ》かと」

「ふン、そうかい。思ったよかァ長く生きたじゃねえか。てっきり、先月くれぇにおっ死《ち》ぬと思ってたのによォ」

不可解な。——辰ノ輔は、首をかしげた。

茂兵治は、ぶち八が病と知っていた。たしかに、けちでがめついこの男なら、銭を貸す相手のことくらいは調べていよう。だが、ならば……。

（おせんの顔に銭まだらの模様があるのも、調べがついていたのでは？）

ぶち八に騙《だま》されて、痣があると知らずカタにしたのではなかったのか？　すべて知った上で、おせんのことを連れていったと？

赤鬼金太郎の茂兵治は、大家を押しのけ、布団で唸るぶち八の顔を覗き込む。

「オウ、ぶち八。まだ生きてッか？」

「へへ、旦那……。ゆうべは、おせんを家に帰《けえ》してくれてありがとうございやす。おかげで最後の別れも言えやした……」

起きていた。おそらく痛みで眠れぬのだろう。今、こうして喋《しゃべ》っているのも、烈《はげ》しき苦痛に耐えながらであったに違いない。それというのも——、

「それで……おせんはどうしていやす？」

この、我が子を気にかける親心であったのだろう。

自らの娘を借金取りに売り渡した、非道の父であるはずなのに。

「ふン……。あのアマなら、もうじきまた帰ってくるぜ。なにせ売り飛ばせなかった上に、夜鷹も無理って言うからよォ。——しゃあねえから仕事を習わせてフツーに働かせることにした」

「……ホウ、そうでございやしたか」

「オウ。きっと一両返し終えるまで、ずいぶん長くかかっだろォぜ」

「はは、そうでやすか……。こりゃ一生返し終わらねぇかもしれやせんな……」

話を終え、同心ふたりは表へと出る。禿げかけの大家もいっしょであった。

「チッ……。ぶち八の野郎、油断ならねえ。——あいつ一両借りた上、娘の面倒を見させる気でいやがンのさ。借金が残ってる間は、生かさず殺さずにするからよォ」

借りた銭を全額返し終えるまで、きっと面倒を見てくれる。

たとえば夜鷹になるならば、他の娘たちに苛《いじ》められて首でもくくらぬように、ちゃんと客がつくように、世話を焼いてくれるはず。

そうせねば銭は戻って来ぬ。取りはぐれれば〝銭もへ〟の名折れ。他の〝金借り〟どもにも甘く見られることであろう。

ぶち八は『生かさず殺さず』の『殺さず』をあてにして茂兵治に娘を預けたのだ。

「これだから〝金借り〟どもはタチが悪ィ。油断ならねぇ」

辰ノ輔は「そうでござりますな」と適当に相槌《あいづち》を打ちながらも胸の内では、

（しかし、それはぶち八が、茂兵治殿を……〝銭もへ〟を信じていたからこそであろう。この御仁ならば、娘を救ってくれるはずと）

と得心していた。義の人、善の人としてはともかくも、銭の人としては裏切らぬ。そう信じて娘を預けたに違いあるまい。

「まったくよォ……。大家、おめえに頼みがあらァ」

「は……はい、わたくしにで？」

「オウ。ぶち八が死んだらよォ、人には『病で死んだ』ンでなく、『悪ィ金貸しに娘を売り飛ばされて首をくくった』ってぇ言うンだぜ。わかったかァ！」

この頼みの意味、辰ノ輔にはすぐにわかった。

自分のような蒙昧《もうまい》の者がいるためだ。――病で死んだということになれば、町の者たちは『やはり顔のまだら模様、うつる病であったのか』と勘違いをし、おなじく銭まだらのおせんが苦労しよう。なので首吊《くびっ》りということにしたのだ。

その分、茂兵治は巷《ちまた》で嫌われようが、この男には悪評も望むところであるはずだ。

「ま、うつる病と噂が立ったら、俺が取り立てに苦労すっからよォ」

銭のためではあるものの、おかげで娘も救われる。

(この御仁、けちでがめつく、悪徳同心かつ悪徳高利貸しではあるが……しかし、優しき男であるかもしれぬ)

悔しいが、佳代の弁当を食う資格はあろう。

「タツスケ、橋に帰《けえ》るぞ。〝夕の客〟が待ってらァ」

「は、行きましょう」

空は、とっくにもう赤い。——夕日に照らされると赤鬼の仲間入りをしたようで、なにやら誇らしき心持ちとなった。

十

おせんが吾妻橋を訪れたのは、二日後の真昼九つのこととなる。

心なしか以前より背筋はぴんとし、八月中旬の涼やかな陽《ひ》が差す中、手ぬぐいのほつかむり無しで歩いていた。

人混みの中、左をすれ違う者たちが豹柄の模様に振り返る。――だが当人は気にもせず、そしらぬ顔のままであった。いまだ瞳は暗いが、面持ちは以前ほどでない。

「――同心様」

橋の上で声をかけられた辰ノ輔は、人違いかもと疑った。

よく似た別の娘かと。こんな模様を持つ女、世に幾人も居るはずないというのに。

「おせんか。茂兵治殿は今、厠《かわや》で橋を降りておる。しばらく待てば戻って来よう」

「いえ……。昨日、おっ父が亡くなりました。今日はそれだけお伝えに」

「そうか、それはご愁傷……」

昨日ということは、辰ノ輔たちが寄せ場の帰りに訪ねた次の日だ。

大家の見立ては正しかったらしい。

「どうであるか、人足寄せ場は？　よき仕事は習えそうか？」

この問いに、おせんは暗き瞳で、ふふっ、と笑う。

「すぐにおっ父が亡くなり、弔《とむら》いでしたので……。まだ、ろくになにも習っておりません」

「そ……そうか。うむ、そうであろうな」

つまらぬことを聞いてしまった。――彼のくだらぬ問いを嘲《あざけ》ったのであろうか。それとも、同心がしどろもどろとなるのが愉快であるのか。おせんの唇はほんのわずかに綻《ほころ》んだ。そして、かすかな笑みと共に、

「おっ父は、ずっとあたくしに迷惑ばかり。病になって、借金を作って、これから手に職をつけようというときに弔いを出させて邪魔をする。いえ、そもそもが……」

指で、まだらの頬へと触れる。

死者への恨みごとであった。無理もない。不孝とは思わぬ。ぶち八の罪ではなかろうが、恨むのもやむなしというものだ。

「本当はですね、同心様……。あたくし寄せ場なんかやめて、やっぱり夜鷹になろうと思っていたのです」

「なんと⁉　なにゆえだ？」

気が変わって、夜鷹仕事も悪くないと思ったか？　おとめの綿玉を受け取ってもよいと？　――しかし、そういうことではないらしい。

「だって、やはり人足寄せ場というものは罪人たちの行くところ。あたくしは入れ墨も脛の傷もございません。お天道様に恥じず生きてきました。――お聞かせください。醜く生まれたことは罪なのでしょうか？　顔に模様をつけて生まれたのは、そんなに

悪いことですか？」

「それは……」

初めて、この娘の心に触れた気がした。

醜いことは罪なのか？　それは、おせんがずっと、物心ついたときより——己が醜いと知ったときより、抱え続けてきた問いであろう。

辰ノ輔は、答えることができなかった。『否』と返事するのは簡単だ。

だが、この娘が知りたいのは、そんな口先だけの答えではあるまい。その程度のことは彼にもわかる。

なので、なにも答えることができず、ただ固まったように黙っていると……、

「ですが昨日、気が変わり、やっぱり人足寄せ場に通うことにしました」

気の利く娘だ。沈黙を向こうが先に破ってくれた。

「そうか、よかった……。だが、どうして気が変わった？」

「夜鷹にならなかったことを、おっ父がとても喜んでくれましたので」

父親譲りのまだら娘は、ぺこりと小さく辞儀をするや、再び浅草側へと去っていく。

背を向けたその姿は、まさしく一点の曇りもなき美女のもの。

「……おせんよ、初めから拙者はお主を美しいと思っていたぞ」

遠ざかる背中へ声をかけたが、喧噪《けんそう》で耳に届かなかったのであろうか。おせんはふり向くことなく人の群れへと消えていった。

参「あだうち質流れ」

一

佐々木《ささき》辰《たつ》ノ輔《すけ》が南町奉行所の同心となって、八日目の朝となる。

「そういえば、今日は羽織を着てくるよう妙に念押しされました」

朝餉《あさげ》の際、なんとはなしにそう語ると義妹の佳代《かよ》は、

「まあ、おめでとうございます！」

おひつの横で、正座のままぴょこんと飛び上がって喜んでくれた。

武家の娘として少々はしたない仕草かもしれぬが、いかにも十七の娘らしい愛くるしさだ。——とはいえ、なにが『おめでとう』なのか辰ノ輔にはわからない。

（なにゆえ羽織を着てくるよう念押しされるとめでたいのか。いや、そもそもなぜ念押しされたのだ？）

奉行所に羽織を着て行かなかったことなど、これまで一度もなかったというのに。

不思議がっていると、佳代は飯のおかわりをよそいながら教えてくれた。

「きっとお奉行様がお会いくださるのです。父がよく申しておりました。本日はお奉行様にお目見えいたすので、よい方の羽織を出してくれ、と」

なるほど羽織は同心の正装。奉行と会うのにみすぼらしい姿では叱《しか》られよう。

思えば、まだ奉行には一度もお目見えしておらぬ。――廻《まわ》り方《かた》の同心というものは、町では威張っていようと格式上は下級の足軽《あしがる》。譜代《ふだい》の大名が務めることすらある町奉行は、同じ奉行所勤めといえど雲上の人であった。

つまり佳代の言葉は『偉いお奉行様が会ってくださることが決まり、おめでとうございます』という意味らしい。

（しかし、そこまで喜ばねばいかぬものか？　たしかに光栄ではあるが、おめでとうとは大袈裟《おおげさ》がすぎように）

辰ノ輔は戸惑ったが……、

「おそらく盗賊退治のご褒美金をいただけるのですわ」

違った。もっと現金な理由であった。

十五夜の日、〝那珂《なか》の勘十郎《かんじゅうろう》〟一味を捕らえてから今日で六日。やっと褒美の金子《きんす》が貰《もら》えるようだ。

（たしか五両という話であったか。なかなかの大金であるな）

ただ不愉快にも、この褒美金は――。

「佳代殿、その件なのですが……」

「どの件でございましょう？」

「褒美金です。本来ならば、いただいた金子は佐々木の家に納め、拙者の飯代、布団代の足しにしていただくのが筋というもの。ですが、その……ゆえあって、佳代殿にお渡しできませぬ！」

五両は全額、〝銭もへ〟茂兵治《もへいじ》へ渡す約束となっていた。

佐々木の家どころか辰ノ輔の手元にも一文すら残らぬのだ。喜んでくれる佳代に申し訳が立たぬ。辰ノ輔としては恥じ入るばかり。なのに、

「ええ、無論でございます。同心のご褒美金というものは番屋の皆さんやお小者《こもの》さんに渡すもの。家に納める必要なんてございません。――もし余っても辰ノ輔様がお小遣いになさればよろしいんですのよ。わたくしが受け取っては、ばちが当たるというものです」

なんと寛容。なんという話の早さ。さすがは同心の娘であった。――いや、むしろ、この娘ならではの寛容さであったろう。多摩《たま》の代官所では、役人夫婦というのはどこ

の家でも喧嘩《けんか》ばかりしていたものだ。

「それよりわたくしは辰ノ輔様がお奉行様にお褒めいただけることが嬉《うれ》しくて仕方ありません。お夕餉、なにか美味《おい》しいものにいたしましょう」

やはりこの義妹、嫁になってはくれぬだろうか。

近ごろは辰ノ輔も、本庄茂兵治《ほんじょう》のことを認め始めていた。高利貸しの不良同心であるものの、あれで世のためとなるひとかどの人物。——佳代があの男に気があるというのも無理からぬことかもしれぬ。

だが、もし、ただの辰ノ輔の勘違いで本当はなんとも思っておらぬなら、自分と夫婦《めおと》になってほしい。

あの赤鬼金太郎《あかおにきんたろう》を好いているのかいないのか、はっきりさせてくれねば困るというものであった。

(いや、はっきりせねばならぬのは拙者か……。いずれ、面と向かって佳代殿に訊《たず》ねねばなるまい)

いずれだ。今ではない。いつかそのうち。

盗賊十人相手に臆《おく》することのない剣豪同心佐々木辰ノ輔を以《もっ》てしても、女性《にょしょう》に想《おも》いを伝えるのは怖《おそ》ろしくて仕方がない。想像するだに背筋が震えた。

やがて朝五つ。よい方の羽織を出してもらって奉行所に向かう。

着くなり、上役与力《よりき》の池田《いけだ》から褒美金を授かった。

「これはお奉行よりのご褒美金である。ありがたく拝領いたせ。――下手人を捕らえるまでに多くの者たちから力添えを得たはず。この金子で礼をせよ」

「は……。ありがたや」

(なんだ、お奉行直々にいただけるのではないのか)

拍子抜けであった。いつもの与力からなら普段使いの羽織でよかったのに。――そんな気抜けが顔に出てしまっていたのであろう。与力の池田は、おなじみ大袈裟な面相にて苦笑い。

「佐々木よ、お主がなにを言いたいかは察しがつくぞ。お奉行直々でなく不服なのであろう?」

「いえ、それは……」

「隠す必要はない。だがお奉行はご多忙であられるのだ。なにせ、もとから多忙で知られた町奉行職のみならず、千代田《ちよだ》のお城で様々なお働きをなさっておられる。しかも噂《うわさ》によれば、なんと勘定奉行職までも兼任なされるおつもりだとか。——それゆえ、こたびはそれがしが代理よ。お奉行からと思って受け取るがよい」

最初はただの苦笑いであったのが、次第に『苦』の比が増えていき、いつしか与力は苦虫を数匹まとめて噛《か》みつぶしたかのごとき面持ちとなっていた。

しかも『もとから多忙で知られた町奉行職のみならず』あたりからは、どこか吐き捨てるかのごとき口ぶり。与力はもしかすると言外にて、

『——それほど忙しいなら町奉行職は別の者に譲ればよいのに。もっと奉行のお役目に本腰を入れてくれぬと困る』

と、ぼやいていたのかもしれぬ。

(池田様、お奉行を嫌っておいでなのか？)

嫌っていても不思議はない。与力や同心というのは代々終生その職を務めるもの。しかし町奉行の任期は大抵が五、六年。ころころ変わる奉行など、奉行所の者らにとっては余所者《よそもの》であった。それゆえ不仲になることも多いと聞く。

(まして、今のお奉行は巷《ちまた》で知られたあの御方《おかた》であるからな……)

多摩の田舎《いなか》にまで悪評の伝わるあのの人物だ。

二

褒美金は、やはり五両。

その後、いつものように吾妻橋《あづまばし》へ向かうべく奉行所の門を外へとくぐる。

――と、そこで別の同心に呼び止められた。

「佐々木殿、ご一緒よろしいですかな?」

「貴殿は、犬塚《いぬづか》殿……」

声をかけてきたのは本所《ほんじょ》を縄張りとする廻り方同心、犬塚研十郎《けんじゅうろう》であった。

この男、たしか二十歳《はたち》だったはず。

辰ノ輔より三つ下だが、同心としては二年目の先達《せんだつ》であり廻り方での序列は八位。

――新米ゆえ十四名中どべの十四位である自分よりも上となる。

どこかいけすかない澄まし顔をした色男で、羽織の下の小袖《こそで》は小洒落《こじゃれ》た藍色《あいいろ》。おそらく高値のものであろう。

聞いたところによれば、もともと犬塚家は神田《かんだ》あたりを縄張りとしている廻り方同心の一族であったのだが、今の奉行になってから『代々同じ縄張りを受け持つのは不正のもとである』と、本所に受け持ちを変えられたのだとか。

「私も途中まで佐々木殿と行き先は同じ。吾妻橋を渡って本所に向かいます。せっかくなので歩きながら垂々話《だらだらばなし》でもいたしましょう」

「はあ、犬塚殿がそう言われますなら」

同心ふたりは並んで隅田川《すみだがわ》沿いの土手道を歩く。

――辰ノ輔は、この男のことが好きではない。

(この御仁のせいで、わずかな数で盗賊の隠れ家に踏み込むこととなったのだ)

盗人宿《ぬすっとやど》のあった本所を縄張りとしていながら捕り物を手伝わず、奉行所に応援を頼む手続きもしてくれなかった。

なのに手柄は半分持って行くとは。

この男、きっと自分と同じく五両の褒美を貰っていよう。腹立たしくて仕方ない。

自分と違って盗賊どもと斬《き》り合わず、茂兵治と違って盗賊どものたくらみや居場所を突き止めてもおらぬくせに。

腹立たしい澄まし顔を、気づかれぬよう睨《にら》んでいたが――、

「佐々木殿は、私を恨んでおられますかな?」

「は？　いや……」

こう改めて問われると、まさか『そうです』とは言えぬ。

藍小袖の同心は、辰ノ輔の答えを待つことなく言葉を継いだ。

「ですが、仕方のなきことなのです。私は代々の縄張りに戻りたく、何度も奉行にお願いしておるのですが――」

同心が直接町奉行に物を頼めるはずもないので、与力の池田やあるいは奉行の家来衆を通してであろう。

「そのため今は些細《ささい》なしくじりもできぬのです。――あのとき貴殿や本庄殿は、ろくな証拠もなしに盗人宿へ踏み込もうとしていた。私の立場では賛同することはできませぬ。むしろ、見て見ぬふりをしたことをありがたがっていただきたい」

勝手なことを言う男であった。なにをありがたがることがあるというのか。しかも無償であらばまだしも、手柄を半分かっさらっておいて。

そもそも、なにゆえそこまで前の縄張りに戻りたがるのか……。

いや、そのくらいはわかる。辰ノ輔とて役人の倅《せがれ》だ。

（……賂《まいない》、であろうな）

本所は貧しい町。賄賂《わいろ》の実入りも乏しかろう。また代々の縄張りの方が勝手を熟知している分、袖の下は取りやすい。

やはりこの男、許しがたし。真っ当に働く同心一同の敵である。

――怒りながら歩くうち、気づけば吾妻橋へと着いていた。

犬塚と共に、通行賃を集める番太に「ご苦労」と声をかけ、八十四間の橋を半ばあたりまで渡る。

いつものように、あの赤鬼金太郎がいた。

〝銭もへ〞本庄茂兵治が。

「――オウッ、コラァ！　半兵衛《はんべえ》、てめえ素通りしてンじゃねえ！」

「――ひいい、お助けぇ！　利子は夕刻払いやすから！」

いつぞやも見た光景だ。菜っ葉の籠《かご》を背負った青物売りを、雷鳴のごとき声にて怒鳴りつけていた。

相変わらずの大声に、相変わらずの派手な着物。そして相変わらずの金貸し稼業だ。

……と、ここで辰ノ輔は気がついた。

（茂兵治殿が金貸しをしている姿、犬塚殿に見られて平気であろうか？）

この本所の同心、点数稼ぎのために奉行へ密告するかもしれぬ。

我ながら妙なものだ。自分が〝つげぐち辰ノ輔〞と呼ばれる身でありながら、他人の告げ口に気を揉《も》むなど。

しかし辰ノ輔のそれとは異なり、犬塚の密告はきっと己がためだけのもの。あることなきこと出鱈目《でたらめ》を吹き込むかもしれぬ。そんな心配の中――、

「本庄殿……」

犬塚研十郎は、赤鬼同心に声をかける。そのいけすかない澄まし顔には、どこか緊張の色がにじみ出ていた。

茂兵治は小脇《こわき》の甕《かめ》をジャラジャラ鳴らしながら返事する。

「オウ、イヌジューローじゃねえか。相変わらずしゃらくせえ着物を着てやがンな」

さすがに無茶な物言いだ。『赤鬼の頭をかち割る金太郎』などという悪趣味な着物に身を包みながら、ただの藍色をしゃらくさいとは。

だが藍小袖の犬塚は怒りもせず、懐よりなにやら取り出し赤鬼の手に渡す。

「……これを」

「へヘッ、まいどォ」

茂兵治はぶつを受け取り、いつものにいいい。獣が牙《きば》を剝《む》くような面相で、笑って愛想を見せつけた。

「……では御免」

犬塚は、ぷいっ、とそのまま橋の東岸、本所側へと去っていく。

今のは、なにを受け取ったのであろうか？　辰ノ輔は気になって訊ねてみた。

「茂兵治殿、今のは？」

「オウ、タツスケ。今のはコレよォ」

それは紙に包んだ小判であった。

中を開けると中身は五枚。五両分。——どうやら先ほど貰ったばかりの褒美金であったらしい。

「は？　なにゆえに？　なぜ犬塚殿は、茂兵治殿にご褒美金を渡すのです？」

しかも全額まるまる。一枚残らず。

その問いに、赤鬼茂兵治は意外な返事。

「ははッ、決まってらァ。利子よ、利子」

これには、さすがに驚かされた。

決まっていらァとはいうが、辰ノ輔にはまったくの予想外。

「つまり犬塚殿は、茂兵治殿に借金を⁉」

「オウ。本所に縄張り替えをさせられて、貰える袖の下が減ったやら、逆に袖の下を使わねえといけねえやらで、いろいろ物入りだったたンだと。——ははッ。気の毒なンで、俺が銭を貸してやったってワケさ」

では手柄を半分譲ったのも、すべてを見越してのことであったのか。

どうせ五両まるごと自分のものになるのだ。譲ったところで痛くもかゆくもない。

それよりこうして手柄を回してやった方が銭を取り立てやすいというものだ。

（つまりは犬塚殿もかもであったと……。腹を立てていた自分が莫迦《ばか》のようではないか）

食えぬ男だ。さすがは〝銭もへ〟、一枚上手《うわて》。

あきれ半分に感心していると――、

「タツスケ、おめえも五両貰ったンだろ？　さっさと出しな」

件《くだん》の獣がごときにいいを今度はこちらに向けてきた。覚悟はしていたが、やはり人にくれてやるには惜しい額。

辰ノ輔は渋々ながらに貰いたての五両を手渡した。

三

多少の遺恨は残しつつも、これにて盗賊〝那珂の勘十郎〟と大工の〝ノコ久《きゅう》〟が一件、ふたりにとっては落着となる。

ふと見上げれば曇り空。

八月下旬のこの季節には珍しく、濃い雲がどんより天を覆っていた。昼近くというのに薄暗い。――まるで五両を取られた辰ノ輔の胸中を鏡映しにしているかのよう。どこかで雨が降っているのか、風もなにやら湿っぽい。

見知らぬ男が声をかけてきたのは、そんな暗雲立ち込める空の下でのことであった。

「――御免。〝銭もへ〟殿であられますか」

若者だ。歳《とし》はせいぜい十五か十六。顔つきはまだ幼い。月代《さかやき》の剃《そ》り跡も青々としており、前髪が残っていてもおかしくない年ごろだった。

物売り姿で、ざるやらわっぱやらを背負子《しょいこ》に山ほど抱えていたが、武士の子であるのはすぐわかる。

まず言葉遣いが武家言葉。それに頭も侍髷《さむらいまげ》だ。

また、若いながらも実直そうな両の目と、真一文字に結んだ口。いつぞや茂兵治の言っていた『役人の倅』の顔つきであった。いずれも武士の子という証《あか》しである。

「オウ。なンか用事かい？」

茂兵治が問うと、ざる売り武士の若者は、

「銭を貸していただきたい」

と〝銭もへ〟にとって二番目に聞き慣れた言葉を発した。ちなみに一番目は『銭はもう少し待ってくだせえ』だ。

ただ、用件自体はありきたりなものであったが――、

「今すぐ十両。お願いいたします」

額は、珍しい。

大金である。

「はァ？　おめえみてえのが、なンに十両使うンだよ？」

〝茂兵治〟がいぶかしむのはもっともであった。辰ノ輔も横で同じことを思った。

（こんな若者が、なぜ十両などという大金を？）

根に持つようだが十両といえば、盗賊十人相手に命がけの大立ち回りを繰り広げ、貰える褒美金がやっと五両。その倍である。

ひとり者なら、しばらく遊んで暮らせる額だ。

そのような大金、なぜ必要か？　真面目《まじめ》そうな若者であるというのに。博打《ばくち》や女で身を持ち崩しているようには見えぬ。

だが若者の答えは驚くべきもの、そして感嘆すべきものであった。

「仇討《あだう》ちのためでございます。――父の仇《かたき》を討つために、どうしても十両要《い》るので

す」

なんと仇討ち。

昨今では珍しい。仇討ちをしようという者など、芝居《しばい》や講談でならばともかく、この目で見るのは初めてだ。今日は朝から意外なことが多すぎる。

「……ふぅン、詳しく話してみな。命より大切な銭《てえせつ》を十両も借りようってンだ。ぜんぶ包み隠さず教えやがれ。まずはテメエの名前からだ」

「は。それがし望月平八《もちづきへいはち》と申す者。父は旗本四百石にして甲府勤番《こうふきんばん》が勤番士、望月平《へい》重《じゅう》と申します」

『役人の倅』の顔だけあって、やはり役人の倅であった。

甲府勤番とは、幕府天領である甲州《こうしゅう》一円を治める役所である。そこの役人を勤番士と呼ぶ。

「そのキンバンシのおとっつぁんが殺されたのかい？」

「いかにも……。当家は代々甲州住まいの旗本で、父は勤番の小頭《こがしら》を務めておりました。しかし今から二年前。配下に任じられたばかりの高瀬長左衛門《たかせちょうざえもん》なる御家人二十俵が、御役目上の過ちをとがめられたのを逆恨みし、父を斬り殺したのです」

「ほォん……。なるほど。そいつァ気の毒な話だなァ」

「はい。高瀬のやつめはそのまま逐電。噂では江戸に逃げたとのこと。父の恥を雪《そそ》ぐため、そして家督を継ぐために、それがしは仇討ちを遂げねばならぬのです」

「ふンふン。そういうことかい」

聞けば聞くほど芝居や講談めいていた。

『それがしが家督を継ぐために』ということは、つまりは仇である高瀬とやらを討たねば家督を継げぬという意味である。

武で遅れを取って殺されるのは、すなわち武士としての恥。恥を雪げぬなら家を存続させる意義はなく、子に家督を継がせる理由もない。

（厳しい処置であるな……。仇討ちものの講談ではよく聞く話ではあるが、今の時代でもそうであるのか）

同情を禁じ得ぬ。父親を失った上に、家まで継げぬかもしれぬとは。

「そのため仇である高瀬長左衛門を追い、母や家来と共に江戸へ出てまいりました。ですが気がつけば路銀は尽き、親戚《しんせき》からの仕送りは滞り……やむなく今はご覧の通り。物売りに身をやつし日銭を稼いで暮らしております」

母親も、商家で女中として働いているのだとか。

やはり哀れな。四百石取りの子息や奥方には苦しかろうに。

茂兵治は赤鬼顔にて「ふゥン……」となにやら考え込んでいたが、やがてぎょろりとした目で望月平八なる若者を睨みつけ――、

「ンでよ、モチヘー」

改めて、おかしな略称で彼に訊ねた。

「十両の話はどこで出てくンだ？　どうして銭を借りてえ？」

そういえば、そうであった。

仇討ちのどこで十両を使う？　身をやつしているのはわかったが、なにゆえそれほどの額を必要とするのか？

〝銭もへ〟の問いかけに望月平八《モチヘー》は、

「……刀です」

屈辱に俯《うつむ》きながら返事をした。

「あまりに日々の暮らしが苦しく、また母が病で寝込んで薬代が必要となり……差料《かたな》を質草に、質屋より金子を借りたのです」

仇討ちのために江戸で暮らしているというのに、その仇討ちに必要な刀を手放さねばならなかったとは。――さぞ悔しかったであろう。聞いているだけの辰ノ輔も、つい目頭が熱くなる。悔し涙のもらい泣きだ。

だが今、大金が要るということは、つまり——。

「ですが、ついにあやつの居場所が知れました！　亡父の知己という方が報《しら》せてくださったのです！　刀を質受けするために、今すぐ十両貸していただきたい！」

若者の言葉に、辰ノ輔は思わず「おお！」と声を上げる。

（父を殺され、慣れぬ江戸での貧乏暮らし……。これまで苦労のし通しであったろうが、神仏は見ておられたのだな）

目の前の者に肩入れしながら話を聞くのは、同心として正しき態度と言い難い。

——しかし今どき艱難辛苦《かんなんしんく》に耐えつつ仇討ちとは、まさしく武士の鑑《かがみ》ではないか。

熱血同心の辰ノ輔は、この町人姿の若侍を応援したくて堪《たま》らなくなっていた。

一方で、〝銭もへ〟こと赤鬼茂兵治はといえば……。

「ふぅン、そういうことかい。仇討ちのための刀をねえ……」

先ほどから、ずっと腕組みで難しい御面相。

いつもの牙を剝き出す顔でなく、唇をとんがらがせたヒョットコ顔だ。

「マ、俺《おれ》はよォ、銭を借りに来たやつには誰《だれ》にでも貸してやりてェが……。けどなァ、ウーン」

こんなに悩む茂兵治を見るのは初めてであった。

「真面《まじ》でワリィ話じゃねぇンだよなァ。モチヘーは今でこそ貧乏だが、仇を討ちゃ旗本四百石を継げるンで銭は返せる。家督相続の手続きにゃ半年くれえかかっだろォから、エエト……一年は三百五十四日で、半年は百七十七日。てことは利子は十七割七分で、元金十両と合わせて二十七両七分だ。悪くねェ。けどなァ……」

やはり珍しい。なにゆえ、これほど銭を貸すのを迷う？

さすがに十両は多すぎるのか？　あるいは——。

（もしや返り討ちを心配しているのか？）

仇討ちなのだから、平八が討たれて死ぬこともあり得る。

そうなれば当然、十両は返って来ない。丸損だ。

（まして、この望月平八《モチヘー》、あまり強くはなさそうな……）

歩き方や立ち方を見ればわかる。

多少、剣術は習ったようだが、まだ若いだけあって肉や骨格は未熟そのもの。それどころか、長らく鍛錬を怠っているようであった。

江戸に来てからは、ただ暮らしていくだけで精一杯であったに違いない。ざる売り仕事のおかげで足腰や肩は多少鍛えられているようだが、肝心の剣を振るための筋骨はかぼそいままだ。

仇の男が多少なりとも腕に覚えがあったなら、こんな小童《こわっぱ》、一刀のもとに斬り伏せよう。モチへーの刀に銭は出せまい。だが――。

「茂兵治殿、この仇討ち、拙者が助太刀いたしましょう」

盗賊退治の剣豪同心〝つげぐち辰ノ輔〟の剣も合わせれば、十両程度の価値はあるはず。

「はァ？　タツスケ、真面《まじ》かァ？」

「はい、真面《まじ》でございます。話を聞き、この御仁を助けてさしあげたくなり申した。――これで刀を質受けする十両、貸してやる気になれませぬか？」

茂兵治はまた「ウーン」と迷った末、平八に十両貸すことに決める。

平八は鹿威《ししおど》しのように、辰ノ輔に何度も礼を繰り返した。

四

仇討ちは、儒《じゅ》と武を重んじる武家社会において、権利であり責務である。

もし主君や父母の命を不当に奪われた際、武士は自ら刀を振るって仇を討つことが許される。また、討たねばならぬ。討たねば恥。――江戸開闢《かいびゃく》以来、ただの役人と化した武士であったが、帯刀が許されているだけあって厳しき規範の中で生きていた。ただし、それもせいぜい元禄《げんろく》期まで。

長引く太平の中、規範も形骸と化していた。

今の天保《てんぽう》の世では、たとえば家の主《あるじ》が殺されても『御公儀を信じておりますがゆえ、家中《かちゆう》一同涙を飲んで自ら仇を討つのは諦《あきら》めましょう』と町奉行所や目付《めつけ》衆に任せきりにすることが多かった。それどころか面倒がって『主は病で死にました』と殺されたのを隠すことすらあるという。

いや、そもそも野蛮な元禄期にくらべ、人が殺されること自体が減っていた。昨今、仇討ちを見かけぬのは当然というものだ。いずれにせよ――、

「タツスケ殿……いえ佐々木殿、まこと感謝に堪えませぬ」

「なに、これでも腕に自信はあり申す。大船に乗ったつもりでおられよ」

(望月平八殿、若いのに今どき立派な武士である)

この若者を手伝うことになり、辰ノ輔は自らも芝居や講談の登場人物になったかのような胸の高鳴りを覚えていた。

平八と辰ノ輔、そして茂兵治は、三人連れ立って質屋へ向かう。

浅草《あさくさ》と上野《うえの》の間、境目ちょうどほどにある〝質《しち》ふじ〟という大きな質店だ。――看

板には、一筆描きの富士の山が描かれていた。

「ここが刀を質入れした店でございます」

入口をくぐると、中には番頭と手代《てだい》がひとりずつ。いずれも茂兵治の姿を目にし、ぎょっ、とした顔になる。

いつもの金太郎柄の着流しであったが、着物に驚いたわけではなかろう。

「こ、これは〝銭もへ〟様……。本日はなに用で？」

番頭は怯《おび》えていた。質屋も金貸し。同業の〝銭もへ〟のことは知っており、しかも恐るべき相手と捉《とら》えていたらしい。

「いンや用事は俺じゃあねェよ。このモチへーがよ、刀を返《けえ》してほしいンだとさ」

「は……。ああ、よく見ればそちらは平八様――。しばしお待ちくださいませ」

番頭たちは、平八の顔も見知っていた。手代は小走りで奥へと向かう。

――やがて、二、三十ほども数えたころか。

「これは平八様に〝銭もへ〟様……」

手代に連れられて現れたのは、店の主人らしき初老の小男。

それと、もうひとり。四十前後の年増《としま》女中であった。

「平八や、刀を質受けとはどういうことなんだい？」

言葉遣いに、辰ノ輔は戸惑う。

質屋の女中が呼び捨てとは、ずいぶんと馴《な》れ馴《な》れしいではないか。しかし——。

「母上、お喜びください」

この返事で、すぐ解《げ》せた。そういえば甲州から共に来た母親は、たしか商家で女中をしているとか。

つまりはこの女中、平八の母であるらしい。

「なにか喜ぶようなことでも？」

「はい母上、にっくき高瀬長左衛門が見つかったのです！　これで父上の仇が討て、ふたりで甲州に帰れますぞ！」

話を聞いて、母である年増女中は、

——がたん

と崩れるように店の床へと膝《ひざ》をつく。

その顔は蠟《ろう》のように蒼《あお》ざめていた。

「母上、どうなさったのです？　嬉しくないのですか」

「なにが嬉しいものかい！　ああ平八、怖ろしい真似《まね》はおやめ。お前に人殺しなんかできるわけがないだろうに」

母親は泣いていた。我が子の足へとすがりつき、

「おやめ、お願い、お願いだから……」

と何度も乞《こ》い願う。だが若き息子には届かない。

「なにを申されます！　我ら母子、わざわざ江戸に出てきたのは仇討ちのためではございませぬか！　――それに怖ろしくも危なくもございませぬ。ここにおられる佐々木殿が、助太刀をしてくださるというのです」

名を出され、辰ノ輔は女中に向かって辞儀をした。

「どうも御母堂……。町方同心の佐々木辰ノ輔にござる。拙者、剣の名手にて、先日も盗賊十人を相手に大きな手柄を立て申した。御子息のことご安心召されよ」

己を褒めるというのはどうにも照れ臭いものであったが、これも平八の母を安心させるため。

しかし当の母は、泣きはらした赤い目できっとこちらを睨みつける。

お前のせいで我が子が危ない目に遭《あ》うのだ。お前が手伝うなどと言うから。――無言であるのに怨《うら》みの声が目から聞こえた。辰ノ輔の胸はただただ苦しい。

一方で子の平八は、もう己が母親に目すらも向けぬ。

「やれやれ、母上にお話ししても無駄でございました。――店主よ、質受け代はこちらの〝銭もへ〟殿が出してくださる。それがしの差料、返してもらおう」

母はずっと泣き続けるのみ。

返ってきた刀は、さほど高価なものには見えなかった。

むしろ安物。鞘《さや》から抜いて刃を改めるところに立ち合ったが、せいぜい三両がいいところではあるまいか。


辰ノ輔、茂兵治、平八の三人が質屋を出たのは、それからすぐのことである。

先頭は、腰に刀を差した平八だ。質受けしたのは大刀のみであったが、久々のずしりとした鉄の重みに、満ち足りた面相を浮かべていた。

一方で辰ノ輔は、質屋に行く前とは打って変わって浮かぬ顔。

(……もしかして、拙者は間違ったことをしているのか？)

あの母親の目、泣き叫ぶ声、忘れられぬ……。

平八は満面の笑みにて、深々頭を下げて礼を言う。

「茂兵治殿、十両お貸しいただきかたじけのうございます。――それと佐々木殿、母い、たきの無礼な振る舞いお許しくだされ。母は町人の出ゆえ、武士というものをわかっておらぬのです」

なんでも彼の母は〝質ふじ〟の先代番頭の遠縁で、かつても店で女中奉公をしていたのだとか。――それがたまたま平八の父が江戸へ来た際に見初められ、旗本四百石の奥方となったそうだ。ちょっとした玉の輿《こし》であった。

若き平八に言わせれば、母が仇討ちに反対するのは、そんな出自のためという。

（……いいや関係なかろう。母親なのだ。我が子が心配でたまるまい）

母であれば皆同じだ。望月平八は、まだ十五かそこいら。心配するのが当然というものであった。

――と、そこに脇から茂兵治が口を挟む。

「ときにモチへー。おめえ、まさか今からこのまま討ち入る気じゃねえだろな？」

「は……？　そのつもりでしたが駄目でしょうか？」

「たりめえだ。明日にしな。――刀を手にすンのは久しぶりなンだろ？　素振りでもして手に馴染《なじ》ませねえといけねェだろがよ。それともタツスケ任せだから自分は役立たずでもいいってのかい？」

その言葉に平八は、はっ、とした面相となる。――この若侍、物売りに身をやつしてからずっと鍛錬をしておらぬはず。勘を取り戻すには刻《とき》がかかろう。

「たしかに〝銭もへ〟殿の申される通り……‼　それがし、焦りで大事を誤るところでございました！」

細やかな気遣いであった。茂兵治としてはこの仇討ち、必ず成功してくれねば困る。貸した十両が取り返せぬ。それゆえ念入りに気を配っていたに違いない。

辰ノ輔もそろそろ〝銭もへ〟のものの考え方というものに、だいぶ察しがつくようになってきた。

「ンじゃ明日、吾妻橋に来な。俺とタツスケも今日ンとこに居らァ。それとよ、言っときてェンだが……」

「はい。なんでございましょう」

先の助言で感服していた平八は、畏《かしこ》まっての拝聴の構え。聞き逃すまいと耳を澄ます。だが赤鬼茂兵治は、ただでさえ大きながらがら声を――、

「次、またテメエのおふくろサンを悪く言ったらよォ！　十両すぐさま耳を揃《そろ》えて返《けえ》してもらうかンな！」

と大筒の砲声がごとく張り上げた。

突然の怒声に、平八はわけもわからず、ただ、

「は……」

とだけ返事する。――傍らの辰ノ輔も不意を衝《つ》かれた。まさか〝銭もへ〟の口から
そのような言葉が出るとは。しかも畳みかけるがごとく、

「……ったくよォ。俺《おり》ゃあよ、銭とおふくろを泣かす野郎は許せねェンだ」

などと、またも似合わぬことを言う。

（茂兵治殿、銭以外にも大事にするものがあったのだな……）

しかも、それが母であるとは。やはりこの赤鬼、まだまだわからぬことばかり。

――とはいえ辰ノ輔も、似たような怒りや苛立《いらだ》ちを平八に覚えていないわけではなかった。

茂兵治が黙っていれば、自分が叱っていたはずだ。

五

その後、辰ノ輔は茂兵治と共にまた吾妻橋へと戻り、夕の客を捌《さば》くのを手伝ったのち、今度はひとりで八丁堀《はっちょうぼり》への帰路に就く。

日の沈んだ土手道を歩きつつ、ときたま腕を組み、首をかしげては、

「やはり、しくじった……かもしれぬ」

などと、ひとりごちた。助太刀の件である。

(どうやら拙者も浮かれていたか)

よくよく考えれば、ろくに事情を知りもせぬ。

いや望月平八から多少は聞いたが、たとえば仇である高瀬長左衛門とやらはどの程度の腕前なのか？　どこかの剣術道場で修業した身であるのか？　仲間はいるのか？

敵方に助太刀は何人入りそうか？

そういったことを一切知らぬまま、手を貸すことになっていたのだ。

己の腕に思い上がっていたらしい。辰ノ輔は己を恥じる。

(仇討ちの決行前に、改めて高瀬何某《なにがし》のことを聞いておかねば。――思いのほか強くて、拙者ごと平八殿が返り討ちにされたのでは笑い話にもならぬ)

こうして冷静に物事を考えられるようになったのは、平八の母親に睨まれ、頭が冷えたおかげであろう。――正直言えば、すでに助太刀は嫌になりかけていた。

自分の母でないとはいえ、泣いている母親に睨まれたのだ。気も萎《な》える。

こんな調子で歩き続けて、気がつけば既に八丁堀。己の屋敷の玄関の前。

（そういえば佳代殿、美味しいものを作ると言ってくださったな）

刻は宵五つ（午後八時）。今なら、まだ飯は温《ぬく》かろう。

「佳代殿、帰りましたぞ」

余計なことは一旦《いったん》忘れ、玄関の板戸を叩《たた》くと——、

「遅い！　待っておったのだぞ！」

飛び出すように出迎えたのは十七歳の義妹ではない。

午前に顔を合わせたばかりの上役与力であったのだ。

「池田様⁉　なにゆえ拙宅に？」

「だから、お主の帰りを待っていたのだ！　いったいお主、なにをしたのだ⁉」

「なにを、と申されましても……」

「ええい、よいから今すぐ来い！」

いつものようにこの与力、相変わらず顔の動きがほんの少しずつ大袈裟である。

怒鳴るときは、口を開く幅は箸一本分ほど大きすぎ、目の見開き方も楊枝《ようじ》一本分の幅ほど大きい。

オロオロ狼狽《うろた》える有様《ありさま》も、ほんのわずかに過剰《かじょう》であった。――それは、役者が客に見せるためにする振る舞いにどこか似ていた。

「急げ！　お待ちであるぞ！」

与力は辰ノ輔の手首をひっ摑《つか》み、どこかへ連れて行こうとする。これまた芝居めいた仕草と言えよう。

（待つとは誰が？　しかし帰ったばかりというのに、飯も食わずにまた出かけねばならぬとは……）

――と、そこで奥から佳代が顔を出す。

「与力様、よろしければもう一杯お茶でも……」

与力に茶を飲ませている間に、辰ノ輔に握り飯でも出してくれる気であったのだろう。さすがの気配り。さすがは同心の娘、同心の義妹であった。

であるというのに……、

「いいや結構。急いでおるのだ」

なんという厳しき上役。うるわしき十七歳の好意をにべもなく断るとは。

辰ノ輔は臍《へそ》を曲げかけてはいたが、続いて発せられたこの言葉――。

「では奥方、御免」

ただの間違いとはいえ、奥方とは。

(うむ……。池田様、厳しいながらも御役目熱心で立派なお方よ)

しかも夜目で見えにくくはあったが、佳代は「まあ」と頬《ほお》をほのかに赤く染めていた。そう見えた。

夜《よ》闇《やみ》の中、辰ノ輔は空腹ながらも上機嫌でいずこかへと連れて行かれる。


連れて行かれた先は、南町奉行所であった。――拍子抜けである。わざわざ屋敷で騒いだ挙句、結局いつもの奉行所とは。ただし、

「こっちだ！　急ぐのだ！」

うんと奥。同心や与力の部屋の脇を素通りし、廊下をひたすら進んだ突き当り。こんな奥へなど来たことがない。やがて二人の前には、鶴《つる》と白波の描かれた襖《ふすま》。

上役与力の顔を覗《のぞ》くと、額には緊張の汗が滴っていた。小刻みに肩も震え、そのたびに細かい汗のしぶきが飛び散る。

(この襖の向こう、もしや……)

芝居がかった仕草であるが、彼をここまでに怯えさせる相手とは……。

与力はうんと強張《こわば》った顔にて、部屋の内へと声をかける。

「お奉行、与力の池田でございます。佐々木めを連れて参りました」

やはりであった。ここは、奉行の部屋であるのだ。

「……入れ」

嗄《しゃが》れた声での返事が聞こえた。老人の声だ。——与力は手汗を着物の腹でぬぐったのちに襖を開ける。中には異様な光景が広がっていた。

行燈《あんどん》の照らす薄暗き部屋。そこを埋めつくすように、なぜか文箱《ふばこ》が山と積まれていたのだ。数は百をくだるまい。

そして箱の山に囲まれて、老いたる男がただひとり。

文机《ふづくえ》の前にて座り、なにやら文《ふみ》に目を通していた。

「座れ。しばし待て」

その爛々《らんらん》とした眼光は、まるで不吉な星がごとく。

（このお方が、お奉行か）

辰ノ輔は、その姿を初めて目にする。

頭は白髪。頬は痩《や》せこけて目も窪《くぼ》み、唇の周りも皺《しわ》だらけ。

なのに背筋はやたらしゃんと伸び、瞳《ひとみ》は獣か猛禽《もうきん》のごとく異様な精気に溢《あふ》れていた。

講談に出てくる老剣豪の佐々木小次郎《ささきこじろう》もこのような面相であったに違いない。

同じ室内にいるというだけで、辰ノ輔の背筋はぞっとなる。

(なんと凄まじき瞳……。おそらく剣の腕も相当なものであろう)

老人はただ座っていただけというのに、すでに三度は斬られた気がした。いや剣どころか、妖術《ようじゅつ》や呪《まじな》いの類《たぐい》すら使いかねぬ。

なにせ、この奉行のふたつ名は——。

(〝妖怪《ようかい》〟鳥居甲斐守《とりいかいのかみ》……)

南町奉行、鳥居甲斐守耀蔵《ようぞう》。

〝妖怪〟と呼ばれる男だ。

もともとは耀蔵のヨウと甲斐守のカイから取った仇名《あだな》というが、この風貌《ふうぼう》、この気迫。まさしく絵巻物に描かれる妖《あやかし》のようではないか。

この人物こそ、今、世間で最も嫌われ、かつ怖れられている男であった。

老中水野越前守忠邦《みずのえちぜんのかみただくに》の〝天保の改革〟を陰から支える権謀術策《けんぼうじゅつさく》の名手にして、改革の邪魔者どもを粛清する走狗《そうく》。——いわば千代田のお城に巣食う、人っ喰《く》らいの化け物である。

ちなみに歳はたしか五十前。なのに年老いすぎであろう。どう見ても六十過ぎだ。

ただ、これに関して辰ノ輔はさほど驚嘆を覚えない。

おそらく歳を誤魔化しているのだ。上級武士の世界ではたまにある。たとえば息子を養子に出す際、あまり年嵩《としかさ》では貰い手が無いため、次男と三男をすり替えることは珍しくないと聞く。

ただ、この老人についてはそんな在り来たりな誤魔化しすらも、古狐《ふるぎつね》が妖術にて他人に為《な》り替わっているような不気味さを覚えてしまう。

――ともあれ、その妖怪は先ごろ、なにを企てているのか南町奉行の職に就いた。巷間《こうかん》の噂によれば、杉屋《すぎや》の杉……つまりは南町奉行所のある数寄屋橋門《すきやばしもん》内に生える有名な古木を止まり木にして、次は町人たちを喰らおうと狙《ねら》っているのだとか。

（なるほど、たしかに怖ろしい。町人どもは気が気であるまい）

妖怪と呼ばれた老人は、手元の文書《もんじょ》に目を通しつつ朱墨で何行か字を書き足す。そして空の文箱へと仕舞うや、自分の左手側の山へと無造作に積んだ。

こうして箱で用件を整理しているのであろう。右から箱を手に取り、中身に目を通したら、また箱に仕舞って左に積む。

この右から左を三箱ほど繰り返したのち――、

「甲府勤番士が仇討ち、手伝うことは相ならぬ」

なんの前置きも無きまま、本題のみを切り出した。

新人の初御目見《おめみ》えであるというのに『お主が佐々木か』『御役目は慣れたか』といった挨拶《あいさつ》もせず。それどころか夜中に呼び出し、文箱三つ分も待たせておいて『待たせたな』とすら口にせず。一切の寄り道抜きで。

だが、それより辰ノ助の度肝を抜いたのは、告げられた中身そのものであった。

（なにゆえ仇討ちの件を知っておられる……？）

そして、なにゆえ相ならぬのか？　助太刀は武士の誉《ほま》れであろうに。

不意を衝《つ》かれたこともあり、ただただ呆気《あっけ》に取られていると、

「どうした、下がれ」

この妖怪、どうやら今ので話を終わらせる気であったらしい。

しかし、さすがにそれでは納得いかぬ。

「お待ちを、お奉行！　なぜ助太刀してはならぬのです⁉　いえ、そもそも、なぜお奉行が仇討ちの一件を御存知なので⁉」

辰ノ輔の背に隠れるような恰好《かっこう》で、上役与力の池田はアワワワと慌てふためいていた。部下が奉行に逆らったことに狼狽えていたのだ。――こうして過剰に慌てることで、奉行に対して『自分の差し金ではない』と示す気であったらしい。いかにも役人

らしき手管《てくだ》であった。

老人は無言にて、右から文箱をひとつ取る。てっきり辰ノ輔になど目もくれずに己の仕事を進める気なのかと思いきや、どうやらそうではないらしい。

古木がごとき皺だらけの手で蓋を開け、辰ノ輔へと差し出すと、中には一両小判が入っていた。それも一枚ではなく五枚。紙帯でまとめられた五両の束だ。

「くれてやる。もう問うな」

ただ黙って引き下がり、助太刀をするのをやめさえすれば、この五両をくれるという。――結局手に入らなかった褒美金と同じ額が。

盗賊十人を退治してやっと貰えるはずの大金が、だ。

(これを持って帰れば佳代殿も喜ぶであろう。日ごろの礼に、簪《かんざし》の一本でも買って贈るというのもよいかもしれぬ。そもそも望月平八殿の助太刀は、すでに嫌気が差しておった……)

ほんのわずかに迷いはしたが、

「いいえ結構にござります！　それよりも、なぜ、なにゆえに⁉」

小判よりも真相を選んだ。仇討ちという武士の大義を、なぜ手伝ってはならぬのか。そして大金を積んでまで、なにゆえ黙らせようというのか。

五両の問いだ。行燈のかぼそき灯《あか》りのみであるゆえ、ただの見間違いかもしれぬが
――ほんの刹那《せつな》、妖怪の皺唇の両端は、わずかに吊《つ》られたようにも見えた。

「儂《わし》にも、告げ口好きの密偵《いぬ》は居《お》る」

儂にもというのは、与力の池田に〝つげぐち辰ノ輔〟がいるように、という意味らしい。――言外にて『貴様のことは知っている』と告げていたのだ。

「上役を害して逐電した高瀬長左衛門――。そやつの居場所、儂は前々から摑んでおった」

「なんですと⁉」

「今は、さる大身《たいしん》旗本の屋敷に匿《かくま》われておる」

さすがは妖怪。二年も探し求めていた平八が昨日やっと摑んだ居どころを、前々から知っていたとは。

だが、仇討ちを手伝ってはならぬ理由とは？　――いや、そもそも、その大身旗本は、なにゆえ上役殺しの大罪人を匿っているのか？

辰ノ輔が訊ねる前に、奉行は答えの半分を口にする。

「その旗本は、御老中とは反目の閥《ばつ》に属しておる」

「閥、でございますか……？」

千代田の城では、高位の武士たちはいくつもの閥に分かれていると聞く。

高瀬を匿う大身旗本は、老中水野越前守忠邦と反目——すなわち敵対する閥に属しているというのだ。

「一方で、儂は御老中の閥に属しておる」

無論のことだ。この老人は、老中水野の〝天保の改革〟を闇にて支える妖怪鳥居甲斐守。同じ閥であるに決まっていた。

「もし儂が奉行をしておる南町の同心が高瀬長左衛門を討ったとなれば、閥と閥との争いとなろう。——御老中の閥は千代田で最も強き権勢を誇っておるが、それでも城内は複雑怪奇。余計な揉めごとは御免こうむる」

「そうでございましたか……」

話が大きくなってきた。目が眩《くら》む。

木《こ》っ端《ぱ》の廻り方同心である佐々木辰ノ輔には、町奉行すら雲上の貴人。——なのにその町奉行が目の前で、まさしく雲上の世界である千代田のお城の内情を語り、さらには上様に継ぐ地位にあられる御老中様の名まで出したのだ。

そんな尊き御方々《おんかたがた》の都合により、助太刀はすべきでないという……。

六

そのあとのことは、あまりよく憶《おぼ》えておらぬ。

気づけば奉行所から八丁堀への短い夜道を、ひとり歩いているところであった。

「さて、どうしたものであろうか……」

ひとりごとが増えるのは、心魂が疲れているからであろう。

奉行に命ぜられた通り、助太刀を断るべきか。――だが、それも武士としてどうであるのか？　ひとたび『する』と言った約束を一日経《た》たずに破るとは。

それに自分が助太刀しなければ、望月平八は返り討ちになろう。

あの若者、母親に対する態度は不快であったが、今どき珍しい一途《いちず》な武士だ。良くも悪くも辰ノ輔とどこか似ているように思える。死なせたくない。

（平八殿を見捨てるわけにはいかぬ……。なんとか仇討ち自体を諦めさせるか？）

しかし、もし本当に平八が辰ノ輔と似ているならば、なにを言っても諦めまい。

――いや、そもそも仇討ちは武士の本懐。邪魔をするなど士道に反する。

（では、お奉行の言いつけに背いて助太刀すべきか？）

筋で言うなら、そうすべき。佐々木辰ノ輔は武士である。

武士であれば、仇は討つもの、約束は守るもの。理屈を曲げぬからこそ自分は〝つげぐち辰ノ輔〟なのではないか。

（しかし、そうなれば佐々木の家は……）

奉行に逆らい、千代田の情勢を掻《か》き乱してまで助太刀すれば、己はもちろん同心佐々木家もただで済むまい。まして相手はただの町奉行でなく権謀術策の〝妖怪〟鳥居甲斐守。きっと手ひどい目に遭《あ》おう。

（義父の進伍郎《しんごろう》殿に対して申し訳が立たぬ）

無論、義妹の佳代に対しても。

見上げれば、曇った夜空。彼の心を映したがごとき。

雲の切れ目からは頼りない月光が差し込んでいた。足元には霞《かす》んだ影。

己の影を見つめる辰ノ輔の目は、望月平八が母へ向けたものと同じであったに違いあるまい。侮蔑《ぶべつ》と苛立ちのまなざしだ。

いっそ、この場で腹を切ってくれようか。助太刀を断るのも、奉行に逆らうのも、古《いにしえ》の武士なら命をもって償うこと。意固地で知られた自分に相応《ふさわ》しき死であるはずだ。

――悩みながら歩いていると、己の屋敷の前に着く。

（屋敷を出るときは、池田様に『奥方』などと言われ浮かれていたというのに……）

陰鬱《いんうつ》な面持ちのまま玄関の戸を叩くと、佳代が中から開けてくれた。

「辰ノ輔様、お帰りなさいませ。お客様がお見えでしてよ」

「客、ですか？」

また客か。この夜分に果たしてだれか？　座敷へ行くと、そこにいたのは……、

「……同心様、お願いでございます」

「――‼　あなたは、平八殿の御母堂⁉」

だけではない。やたらいた。

客人は、ぜんぶで五名。

平八の母たきに、その奉公先である〝質ふじ〟の主人、それと夜道を送り迎えする用心棒役とおぼしき若い手代。

――さらには、無精ひげを生やした武士がひとり。着物は皺だらけで、歳は四十過ぎといったところか。おそらく剣の修業をしたことのある身だ。座る姿勢と肩の張り、掌《てのひら》の剣術だこで見てとれる。

そして最後に、

「オウ、タッスケ。帰《けえ》ってきたか」

見慣れた赤鬼顔がどっかと足を崩して座っていた。

（茂兵治殿……？　では、茂兵治殿がこの者たちを連れてきたのか？）

借金の取り立てでもないのに、わざわざ吾妻橋から来たらしい。

「八丁堀に来るなンざ久方ぶりだァ。——モチヘーのおふくろサンがタッスケに話があるってえからよォ、ここまで案内してやったンだ」

「それは、わざわざ……」

八丁堀が久方ぶり？　つまりはこの男、同心であるのにこの近所に住んでおらぬというのか？　まさか本当に、吾妻橋の上に住んでいるのではあるまいな？

「なァに、〝質ふじ〟が駄賃に一分くれるってンでな。——オウ、おふくろサン、話してやンな」

平八の母たきは、ずずっ、ぐすん、と一旦洟《はな》を啜《すす》ったのち、

「はい、実は……」

と語り始める。昼からずっと泣いていたのであろう。夜の部屋でもすぐわかるほど、その目は真っ赤に腫《は》れていた。

「実は……同心様には、平八の助太刀を断っていただきたいのです」

そのような理由であったか。この母親が仇討ちに反対なのは知っていたが――。

「しかし御母堂、申しにくいことなれど、拙者が助太刀いたさねば御子息は仇を討てませんぞ？　それで構わぬと？」

「ええ、構いません……。我が子が無益な殺生をするくらいなら」

この母親、平八が返り討ちで死ぬかもしれぬとは思い至っておらぬらしく、むしろ相手を殺して手を汚すことを心配しているようであった。

ただ、それより辰ノ輔には『無益な殺生』の一言が気になった。

「無益？　無益とは？　御亭主の仇でありましょう？」

「はい。ですが……」

ここで母たきは、また小さくぐすんという音を鳴らす。

本当に洟が出そうであったというより、目の前の同心にすべてを教えていいのか迷い、言い淀《よど》んでいたのであろう。

隣に座る質屋の主人に「さ、お言い」と肩を叩かれ、やっと続きを口にする。

「平八の父にして我が夫、甲府勤番小頭の望月平重は、仇を討たねばならないような男ではございません……。あの男は悪徳役人！　悪事を高瀬長左衛門様に咎《とが》められ、その末に斬り合いとなって死んだのです！」

「なんですと⁉」

またも驚愕《きようがく》。本当に朝から驚くことばかりであった。

なんでも母たきによれば、亡き平重は甲府勤番の小頭としてもっぱら年貢取り立ての御役に当たっていたのだとか。——甲州はもとより米の獲《と》れ高が少ない地であり、年貢の銭納が一部認められている。なので百姓たちは畑で野菜や果物を作ったり、あるいは鉱山仕事をすることで銭を稼ぐのだが、望月平重はそれをよいことに商人と手を組み、作物や労力を安く買い叩いていたという。

それを咎めたのが新任の勤番士、高瀬長左衛門であったのだ。

「このことを平八は知りません。自分が悪徳役人の子と知れば、あの子はどれだけ傷つくか。——ですが、わたくしに本当のことを伝える意気地がないばかりに、平八は仇を討とうと延々二年も苦労を重ね……」

「そうでございましたか……。ですが御母堂、ご無礼ながら、私腹を肥やしていたというのであれば、その——」

もっと裕福で然《しか》るべきであろう。なのに、なにゆえ平八は銭に困って刀を質にし、今はざる売りをしているのだ。道理が合わぬ。

「平重は江戸で御役に就きたかったとかで、得た財はほとんど勤番支配様に袖の下として渡していたのです。おまけに弔いが終わると、親戚たちが理由をつけては屋敷の中を漁《あさ》っていき……。やはり悪いことはできないものです」

勤番支配というのは甲府勤番の長官である。——いずれにしても、また賄賂の話とは。朝には同心の犬塚研十郎、夜には平八の父。今日は賄の話ばかりを聞かされる日であった。

「わたくしは町人の出ということで親戚たちから嫌われていたのでしょう。最後には、仇討ちのためと家屋敷どころか甲州からも追い出されてしまいました」

「なんたる気の毒……」

この母親、仇討ちに反対であるのに、なぜ平八と共に江戸へ来たのか？　仇討ちを手伝うために同行したのではないのか？　平八をひとり送り出すのを心配してか？

ずっと気になっていたが、やっと解せた。

（……というより、そもそも平八殿が今どき仇討ちをさせられているのは、それが理由であったのか）

仇討ちを名目に、母子で追い出されたのだ。——だとすれば高瀬長左衛門を討っても家督は継げまい。どうせ、また別の難癖をつけられるだけのこと。

これでは無意味な仇討ち、無意味な殺生。母が反対するのも当たり前であった。

「なので同心様、お願いでございます。どうか平八の助太刀、お断りくださいませ！　どうか、どうかこの通り……‼」

たきは深々と頭を下げ、文字通り額を床に擦《こす》りつける。顔は伏せていたので見えぬが、また泣いていたのであろう。小さな背中が小刻みに揺れていた。

この母は、哀れであった。そして子の平八も哀れであった。

だが、辰ノ輔だけは助かった。

助太刀をせぬのが正しきことだとはっきりしたのだ。これで武士の矜持《きょうじ》を曲げずに済んだし、奉行に逆らって佐々木の家を危うくする必要もなくなった。

（平八を想う御母堂の気持ちが、拙者を救ってくださったのだ……）

――それはそれとして、ふと気がつくと、母たきの震える背中を〝質ふじ〟の主人が撫《な》でていた。

「おたきさんや、泣くのはおよし。――どうか同心の旦那様がた、あたくしからもお願いいたします」

昼間、質屋に行ったときから気になっていたが、このふたり妙に距離が近い。

そもそも、この主人、なぜいっしょに来ている？　〝質ふじ〟ほどの大店《おおだな》の主人が、女中のためにそこまで手をかけてやるものか？　しかも……。

「もし助太刀をお断りいただけるなら、差し出がましいことながら、おふたり様に幾ばくかのお礼をさせていただきます」

『幾ばくかのお礼』というのは金子であろう。普通は女中のために金まで出さぬ。どうやらこの質屋の主人にとって、たきはただの奉公人ではないようだ。

そんな〝質ふじ〟の言葉に、脇にいた茂兵治はにんまり白い歯を剝いていた。

「どうでえタッスケ？　この気の毒なおふくろサンのため、ひと肌脱いでやンねえかい？　なァに、なにかやれってンじゃねえ。ただ助太刀をしなきゃいいだけよ」

なるほど、だいたい事情は摑めた。

〝質ふじ〟主人は『おふたり様に幾ばくかのお礼をさせていただきます』と言っていた。——〝銭もへ〟茂兵治の狙いは、その礼金であったのだ。おそらくこの屋敷に来る道すがら、自分にも礼金が入るよう話をつけたに違いない。

「それと〝質ふじ〟よ、モチへーのやつも俺たちが説得してやらァ。仇討ちなんてすンじゃねえ、ってな。そしたらよ、ホレ——」

「ええ、わかっております。また別に幾ばくか……」

「オウいいねえ。俺ゃあ、そのイクバクってえのが大好《でえ》きなンだ」

あきれたものだ。この銭の赤鬼、〝質ふじ〟主人のたきへの情に付け込んで、何度も礼をせしめる気らしい。

ただ自分としても反対する理由は無かった。平八は救ってやりたい。どこか、あやつは他人と思えぬ。

辰ノ輔が、助太刀は断る、平八も説得する、と応じると母たきはまた咽《むせ》び泣く。

今度は喜びの涙であった。

〝質ふじ〟のくれた『幾ばく』は金二両であった。

それも辰ノ輔と茂兵治それぞれに二両ずつ。惜しむ様子などまるでなく、ぽんと気軽に差し出した。——奉行の口止め金五両よりは安いがそれでも大金。銭というのはあるところにはあるものだ。

その後、たきは咽び声を聞きつけた佳代に手拭《てぬぐ》いで顔を拭《ふ》いてもらったのち、同心屋敷を去っていく。

〝質ふじ〟の主人と、用心棒がわりの若い手代もいっしょである。三人はそろって曇った夜道を帰っていったが——、

「ときに、訊ねたきことが」

「ン？　なンだよタツスケ」

残った客は、茂兵治ともうひとり。

「そちらの御仁はどなたなのです？」

無精ひげの侍が、まだ屋敷にいた。

この男、てっきり〝質ふじ〟が連れてきたのだと思っていた。手代と同じく、送り迎えの用心棒かと。――しかし茂兵治と共に居残っているのを見るに、どうやらそうではないらしい。

(だが御母堂とは知己のようであったな。たまになにやら視線を交わしているようにも見えた)

この者、ますますもって何者かわからぬ。

辰ノ輔がいぶかしんでいると、茂兵治は座布団からヨッコイショと腰を上げる。

「マ、ここじゃ込み入った話もやり難《にき》ィ。どっかで一杯《いっぺえ》やろうじゃねえか。――タツスケ、さっきのイクバクで奢《おご》ンな」

この銭の鬼、自分も同じ額を貰ったくせに他人にたかる気であるらしい。

七

「タツスケ、チョウの字、こっち来な。近くにいい店があンだよ」

茂兵治の連れてきた男は、どうやら〝チョウの字〟というらしい。陰気で愛想の無い四十男だ。無精ひげだらけの顔を、ずっと神妙面《づら》にさせていた。

三人は同心屋敷から南へおよそ半町歩く。

八丁堀の町はずれに、冗談のように汚い飲み屋があった。壁は崩れ、屋根は草ぼうぼう、柱もひん曲がって建物自体が傾いている。

まるで幽霊屋敷……否、こんな店、幽霊ですらすぐ引っ越すであろう。

真っ黒にくすんだ看板には、ただ大きく『×』とだけ書かれていた。

「……？　茂兵治殿、これはなんと読むので？」

「さァな。ここの店主は字が書けねぇから、屋号の代わりにしてンだと」

ただ、このぼろ家が飲み屋であることだけはわかった。中から田楽《でんがく》の味噌《みそ》の匂《にお》いと、安酒の鼻を突く臭《にお》いがしているためだ。――いや、それ以上に障子戸《しょうじど》の紙がほとんど破れ、中が見えていたからでもあったのだが。

「ジジイ、入ンぜ。三人だ。——おめえらも入ンな」

店に入ると、中には建物と同じくらい年を取り、建物以上に小汚い姿の男がひとり。この老人がおそらく店主だ。こちらをじろりと一瞥《いちべつ》すると、無言のまま酒を出し、田楽を炭で焼き始める。

「廻り方の同心のうち半分くれえが知ってる店よ。このジジイは、もと伊賀《いが》同心って噂でよォ。だれかが店の外で盗み聞きしてっと包丁持って追いまわすンだとさ」

「伊賀者？　本当なのですか？」

「さァな。噂よ噂」

講談などによれば伊賀同心は、はるか戦国の世には忍びの者であったという。とはいえ、それも本当なのかどうか。天保の世《いま》では定かでなかった。

ただ言えるのは、茂兵治がこの店を選んだのは盗み聞きをされぬためであるらしい。

田楽は意外なことに味がよい。味噌に木の芽をやけくそのように効かせてあり、舌はびりびりするが臭い安酒にはちょうど合った。——この強烈な木の芽味噌のおかげで、店自体の発する臭さが気にならずに済む。

一杯飲んで、ひと息吐《つ》いた頃合《ころあ》いで……。

「さて、と——。オウ、チョウの字、名乗ってやンな」

「は……。挨拶が遅れ、ご無礼いたした」

茂兵治に促され、チョウの字と呼ばれたひげ侍は丁寧な辞儀をする。

所作でわかった。やはりこの男、剣の腕が立つ。頭を下げる動きの精密さ、剣の修行を積んだ者特有のものだ。少なくとも目録以上であろう。

そして陰鬱な面相のまま名を告げる。

「それがし、高瀬長左衛門と申す者。——今は旗本小山田《おやまだ》主計頭《かずえのかみ》様のお屋敷にて用人《ようにん》見習いをしております」

「……は？　高瀬長左衛門⁉」

今日は朝から驚かされ通しだが、またも吃驚《びっくり》させられた。

つまりはこの無精ひげ、平八の父の仇ではないか。

そんな男が、なにゆえ茂兵治と共にいるのだ？　いったい、どこから探してきたのか？　さらには、どうして平八の母とも知己であるのか？

辰ノ輔の疑問に答えたのは、当人でなく茂兵治であった。

「このチョウの字は俺の客よ。一年半前、橋に来て——なンと百両、貸せって言いやがったのさ」

「百両ですと！」

「オウ。チョウの字が言うにはよォ、殺した男の妻子にくれてやンだとさ」

つまりは平八と母たきに？　これまた驚愕。高瀬長左衛門の方へと目を遣《や》ると、田楽で猪口《ちょこ》の酒を呷《あお》りつつ、もとから陰気な顔をさらに曇らせ語り出す。

「いや、百両貸せとは申してござらん。貸せる限りの額を貸してほしいと言ったまで……。話せば長きことながら、それがし上役である勤番小頭の望月平重を殺したのち、すぐにも腹を切るつもりでありました。――しかし、いざ腹に脇差の刃を当てると死が怖ろしく、つい逃げ回り、情けなくも江戸まで流れてきたのです」

このように腕の立つ剣士であろうと自害は怖いものらしい。

それとも、特にこの高瀬が武士にあるまじき生き汚い男というだけか？

「そして小山田様のお屋敷にて居候のような暮らしをしておりましたが――ふとした噂にて、たき殿と御子息が江戸へ仇討ちに来ていると知った次第。しかも文無し同然の身であると。なのでそれがし、たき殿と御子息のもとを訪ね、せめてもの償いとして金子を渡し……」

「かわりに見逃してもらおうと？」

辰ノ輔は、やや意地の悪い口ぶりにて訊ねた。――やはり平八が仇と追う男ということもあり、ついつい当たりが強くなる。

だが無精ひげ面の高瀬長左衛門は……。

「いや、そのまま討たれるつもりでありました」

「なんと⁉」

「己が罪に耐えかねて、死に場所を求めて母子を訪ね申した。自害はできずとも、討たれることくらいはできるはず。――しかし、たまたま御子息は留守にて、おられたのはたき殿のみ。しかも、たき殿は申されたのです」

高瀬は、猪口に残った酒を一気に飲み干したのち言葉を継いだ。

「主人が殺されたのは天の報《むく》い。貴方《あなた》はお生きくださいませ。金子も不要。どうか、わたくしども親子にこれ以上罪を重ねさせないでくださいな、と」

亡き夫の悪徳役人としての罪だけでなく、息子に人殺しの罪まで重ねさせないでくれ。切り餅《もち》四つを差し出す彼に、たきはそう告げたのだという。

あの御母堂、今日はずっと泣いてばかりであったのに、実は気丈な女であった。

普通、言えることではない。まして百両を蹴《け》ってまで。

「そういうことでございましたか……」

ただ信じがたき点がひとつある。――これから死にに行く者へ〝銭もへ〟が銭を貸すであろうか？　それも百両もの大金を。

「茂兵治殿、本当に百両も貸したのですか？」

「オウ。カタがあったからよォ」

形《かた》？　果たして、なにか？

百両貸せる形とは、いったいどのようなものであるのか？　高瀬はもとは二十俵扶《ぶ》持《ち》の小《こ》普《ぶ》請《しん》のはず。なぜ、そのように高価なものを持っていたのか？

いや、それよりも――。

（百両貸した？　では、この〝銭もへ〟殿、百両も持っていたというのか⁉）

町人相手の高利貸し、まさかそこまで儲《もう》かるとは。

「それで高瀬殿、その百両はどうしたのです？」

「次の日すぐに〝銭もへ〟殿へ返しました。――しかし、さすがは百両。たった一日借りただけというのに利子はけっこうな額となり、未《いま》だ返し終えてはおりません」

〝銭もへ〟の利息はカラスのヒャクイチ。一日につき百分の一。百両借りたら一両となる。

その一両をまだ返し終えておらぬというのか。――たしかに安くはない額ではあるが、一年半経ってもまだ返せぬとはこの高瀬長左衛門、ずいぶんと貧しい暮らしぶりであるらしい。

仇を追う平八、仇となって追われる高瀬、双方が貧乏暮らしとは。

亡き平八の父の悪徳は、まわりのすべてを不幸にしたのだ。

「ふふ。他に貸してくれるところがなかったとはいえ、やはり高利貸しから借金するものではございませぬな」

「フン、抜かしやがれ。アンなに頭ァ下げて貸してくれって頼ンだクセによ。——残りはちょっとだ。さっさと返さねえと、預かってるカタぁ貫っちまうからな」

ずっと暗い面持ちをしていた高瀬が、田楽片手に薄く微笑《ほほえ》む。

同じく田楽を手に、〝銭もへ〟茂兵治もにいいと白い歯。

やはり一年半もの付き合いとなると、ただの銭の貸し借り以上の絆《きずな》が生まれるものであるらしい。

(しかし、いろいろ得心がいった。御母堂のたき殿、平八が返り討ちで死ぬかもとは心配しておられなかったが、高瀬殿がこのような御仁であったからなのだな)

このような男であれば、平八を斬ったりしまい。

それどころか自ら進んで討たれよう。

(この御仁を死なせたくない……。いや、それ以上に、平八殿のように真《ま》っ直《す》ぐな若者に、高瀬殿を手にかけさせたくない)

そのような罪で平八の手を汚させてはならぬ。気がつけば辰ノ輔は、たきと気持ちを同じくしていた。

——と、そのときである。

もと伊賀同心だという店の主人が、新たに焼けた田楽を一同の前へと置く。

だが不思議にも……。

「……はて？　一本、白いままのものが？」

ひと串だけ、味噌の塗っていない田楽があった。塗り忘れ？　そんな間違い、あるものなのか？

辰ノ輔は老店主に問おうとするが、それより前に——、

「よォしッ、だれか知ンねえが動くンじゃねえぞ！」

茂兵治は床机《しょうぎ》を蹴って立ち上がり、店の外へと飛び出した。

「なにごとですか⁉」

後を追って表に出ると、そこで目にしたのは見覚えのある後ろ姿であった。赤鬼の大声で怒鳴りつけられ、夜闇の中へと逃げていく。

「あれは……。同心の犬塚殿では？」

「オウ。しゃらくせえ着物を着てやがった」

背格好といい着物といい間違いあるまい。

本所を縄張りとする廻り方同心、犬塚研十郎であったのだ。

「白田楽は、店主のジジイの符丁《ふちょう》ってワケよ。『だれかが盗み聞きしてる』ってな。

——十文余計に払やァ、ジジイが包丁持って追っかけてくれるが、マアいいさ。捕まえたところで罪にも問えねえ」

あの店主、本当に忍びの子孫というのか？　それとも、ただ勘がよいだけの老人か？　——ただ、いずれにせよ気になるのは、逃げていった犬塚の方。

（なにゆえ本所の同心が、我らの話を盗み聞きするのだ？）

本当に、今日はわからぬことばかり起こる日だ。

八

翌朝となる。橋へと向かう辰ノ輔の足取りは、なんとも重いものであった。

（さて、どうしたものか……。なんと言えばよいのであろうな？）

どうやって平八の仇討ちを思い留《とど》まらせればよいのか。

なんとしてでも止めたいが、なんと説けばよいのであろうか。それも、できれば真相を隠し、心を傷つけずに済ませたい。

だが、あんな血気溢るる真っ直ぐな若者を、言葉で止めることなどできるのか？

（いや、そもそもの話だが……まず助太刀を断ることすら気が重い）

もっと手前に難関があった。あの平八に面と向かって『やはり、やめた』と言わねばならぬ。想像するだに胃の腑《ふ》がきりきり痛くなる。

見上げれば、昨日に続いて曇り空。己が心持ちのためか、今日の方が暗く感じた。

やがて吾妻橋へと辿《たど》り着く。いつものように〝銭もへ〟茂兵治は、長さ八十四間の橋のど真ん中にて甕を抱え、茣蓙《ござ》に胡坐《あぐら》をかいていた。

「オウ。タツスケ来たか」

「これは茂兵治殿。……平八殿は？」

「まだだ。そろそろ来ンじゃねえか？」

いっそ感冒《かぜ》でも引いて寝込んでいてはくれぬだろうか。来ないでくれれば断らずに済む。

しかし、そんな辰ノ輔の祈りは叶《かな》わず、ほんの四半刻《しはんとき》もせぬうちに……、

「おふた方、お早うございます！」

望月平八は、元気いっぱいにて姿を現した。

全身より、気力が満ち溢れているかのよう。面持ちは凛々《りり》しく勇ましく、唇はきりりと真一文字。両の瞳はまぶしきほどに煌《きら》めいている。――仇を討てる歓《よろこ》びと、返り討ちで死んでも構わぬという覚悟。ふたつを備えた面相であった。

これぞ、戦《いくさ》に挑む若武者の顔。

しかも、さらに天晴れなことに平八は、晴れがましき日だというのに着物はざる売りのときのまま。仇討ちといえば白い裃《かみしも》の死に装束《しょうぞく》だが、この若者、質から出すのは刀だけで構わぬと、格好は気にせぬことにしたらしい。

この歳で、なんたる思い切り。まさしく質実剛健。武士の鑑。辰ノ輔の胃は、よりいっそう痛くなる。

（……もう、この際である。お奉行の命も、御母堂の頼みも、高瀬殿がどんな御仁なのかもすべてを忘れ、平八殿を助太刀してくれようか）

その方が、いっそ心胆が楽かもしれぬ。

平八は澄んだ瞳をきらきらさせつつ、同心ふたりの前に膝をつく。

「佐々木辰ノ輔殿、〝銭もへ〟殿。知り合ったばかりのそれがしに対して過分なまでのお心尽くし、感謝の念に堪えませぬ。――ことに佐々木殿におかれましては助太刀のお申し出、涙の溢るる思いでございました。世には、これほどまでに素晴らしきお方がおられるのかと」

「い、いや……」

やめてくれ。ますます断りづらくなるではないか。

熱心な礼の言葉に、辰ノ輔は腹のあたりを手で押さえるが……。

「ですが、それがし昨夜、戻ってきたばかりの愛刀で素振りをしながら考えました。――佐々木殿、助太刀のお申し出、今さらながらお断りさせていただきます！」

「なんだと⁉　よいのか、平八殿？」

仇である高瀬長左衛門は一流の剣士。平八に勝てるはずもない。

もしやこの若者、高瀬が強いと知らぬのか？　それともまさか、高瀬が自分を斬らぬであろうと知っているのか？　いいや――。

「それがしは武士。だからこそ仇討ちに挑むのです。――なのに佐々木殿にご助力いただくのは潔くないというもの。潔くなければ武士にあらず。仇を討つ意味がございません。逆に武士らしく死ぬならば亡父も褒めてくれましょう」

またも武士の鑑。亡父はそのような男でないというのに。

堅物の〝つげぐち辰ノ輔〟は、このように真っ直ぐな心に弱い。もう引き下がれぬ。

（ああ……。御母堂、高瀬殿、申し訳ござらん！　そして、すまぬ佳代殿！）

平八が要らぬと断るからには、意地でも助力をせねばならぬ。

辰ノ輔も武士。無意味に死ぬのが武士というなら、自分も武士の鑑でありたい。

「いいや平八殿！　貴殿がどう申されようが、拙者は——」

拙者は助太刀をさせていただく。

そんな途中まで発せられた言葉は、

「コラァ、タツスケ！　テメエ、なにを言おうとしてやがンだ⁉」

突然の怒声と、唐突《とうとつ》な尻《しり》の痛みによって、言い終えることなく一旦途切れた。

茂兵治に、どっか、と尻を蹴られたのだ。

「タツスケよォ、俺ゃあ前にも言ったよな？　銭とおふくろを泣かす野郎は許せねえと。——なのにテメエがおふくろサンを泣かす手伝いをしてどうすンだァ！」

「茂兵治殿……」

いつもなら、赤鬼が怒鳴れば辰ノ輔は黙って引く。——がらがら声が恐いのではない。廻り方同心の先達として、そして、がめついながらも世のためになる人物として、本庄茂兵治という男に敬意を表するがゆえであった。

だが、こたびはそうもいかぬ。

「いいや茂兵治殿、貴殿こそお引きくだされ」

「あァン？　テメエ、そンなに仇討ちがしてェのか？」

「したいわけがないでしょう、莫迦莫迦《ばかばか》しい！　ですが平八殿は武士。拙者も武士。男で武士なら、こういうこともあるのです」

「ぶしぶしうるせえ！　ねえよ、そンなこたあ！」

そうとも。間違っているのは己の方。本当は止めてほしくすらあった。この粗暴な赤鬼金太郎に、自分は助けを求めていたのかもしれぬ。

ふたりの脇で、平八は慌てふためく。

「おやめくだされ！　なんの話かわかりませぬが、諍《いさか》わないでくださいませ！」

平八も己のための争いなのは察していようが、それでもろくに事情が解せず、ただただ戸惑うばかりであった。

辰ノ輔と茂兵治、同心ふたりは一触即発。殊《こと》に辰ノ輔は今にも剣を抜かんがばかり。それも衆人環視の中で。橋を通る大勢が見ているというのに。そして――、

「――もへよォ、なァに往来で遊んでやがンだ？」

騒ぎは、思いもよらぬ者の声により終わりを告げた。

「たまに昼っから出歩きゃ、面白ぇことしてンじゃねえか。——そっちの新米、タツスケつったっけ？　ははは ッ、やっちめえ！　さむれえの喧嘩なら刀を抜け！　もへの首を刎《は》ねたら、わちきを一年タダで使わせてやらァ」

そこにいたのは、やたらと目立つ姿の女。

辰ノ輔はこの女のことを知っていた。

（こやつ、〝蛇《じゃ》ノ目《め》のおとめ〟……‼）

橋の西岸、北側あたりを縄張りとする夜鷹《よたか》の頭《カシラ》である。

明るいところで見るのは初めてだったが、昼の光のもとだとこの女、よりいっそう派手で毒々しい。触るとかぶれる異国の花だ。

しかも、居たのはおとめのみではない。

後ろには他の夜鷹らが五、六名。それと大八車が一台控えていた。

車の上には、莫蓙で覆った荷がひとつ。

「ぶっ殺し合いながらで構わねぇから、わちきらの用事も聞いてくンな。——実は、こんなモンを拾っちまってさァ」

夜鷹たちは、莫蓙をめくる。

中から出てきたのは、なんと……。

「――ひゃあッ⁉」

悲鳴を上げたのは、野次馬の通行人らであった。

荷は、屍《かばね》。

死体である。それも牛馬や獣ではなく人のもの。

土まみれの武士の屍であったのだ。

「いらねぇモン見つけちまったンだが、もへの方で引き取っちゃあくンねえかい？」

しかも、ただの屍ではない。苦悶の面相を浮かべていたが、それは見覚えのある無精ひげ面。

辰ノ輔にとっては昨日見知ったばかりの顔だ。

「なんと……。これは高瀬殿ではないか！」

平八の父の仇、高瀬長左衛門であった。

これにて難問が片付いた。

もう仇討ちはできぬ。助太刀もせずに済む。

九

夜鷹たちと大八車は、橋の東岸、本所側からやって来た。

おとめが言うにはこの屍、橋より四半里（約一粁《キロメートル》）ほどの林の中にあったという。

「オウ、おとめよォ。あったっつうか埋まってたンだろ。ほとけサマが泥だらけじゃねえか。――土ン中の屍をどうやって見つけた？」

「ヒガシの橋キタに立ってる〝おふが〟が埋めてるとこ見たンだよ。――ゆうべの真夜中、丑三《うしみ》つどき。もっこでコソコソなにか運んでる男どもがいてよォ、怪しいから後をつけたンだと。そしたら林に入って屍を埋めてたってぇワケさ」

おふがは、八十近い老夜鷹。歯が無いためふがふがとしか喋《しゃべ》れず、この名で呼ばれているのだとか。

彼女の立つヒガシの橋キタ――つまりは吾妻橋の東岸本所側、橋より北の河原は、〝蛇ノ目のおとめ〟が頭《カシラ》を務める西岸浅草側の北より、なおいっそう辺鄙《へんぴ》な縄張りだという。

「橋から四半里先あたりは昼間も人の通りが少ねえし、だれもいねえと思ったンだろな。――おふがは草むらで『仕事』してたから、もっこの男どもは気づかず通り過ぎてったンだと」

おとめの横で皺だらけの老女が、

「ふが、ふが」

と相槌《あいづち》を打っていた。この女がおふがであろう。

まさか、この皺くちゃ婆あが『仕事』をしていたとは。

「しっかし笑っちまうなァ。やつら、あのへんを人里離れた山奥と思って屍を埋めたンだぜ。歩いてすぐ行ける場所なのによ。――お上品な連中だ。遊び慣れてる野郎なら夜鷹が立ってると知ってらァ。婆あ夜鷹や仲間にいじめられてるはぐれ夜鷹は橋の近くに立てなくて、あっこあたりまで流れてくモンなのさ。なァ?」

「ふが」

屍を始末しようとする者にありがちな過ちであった。辰ノ輔は代官所で聞いたことがある。

死体というのは意外に重く、また夜に荷を運ぶのは思った以上に手間がかかるもの。それゆえ、つい『このあたりでよいだろう、ここまで来れば見つかるまい』と町からさほど離れぬあたりに埋めてしまうのだ。

「ふが、ふが」

「ははッ、そうだろな。だと思った。——おふがは最初、盗人《ぬすっと》がお宝を埋めるのかと思って後をつけたらしいンだが、屍だったンでビックリしたンだとさ」

「ふが」

おとめ、よく言っていることがわかるものだ。面倒を見慣れているらしい。辰ノ輔は、少々気になり訊ねてみた。

「おとめよ、お主は橋の西岸、浅草北側の頭《カシラ》であろう？　なのに東岸の夜鷹の世話もするのか？」

それに今も東岸の本所側から来たようだったが？

この問いに、夜鷹の頭《カシラ》はあきれて「はンッ」と鼻で笑う。

「タツスケつったっけ？　おめえ、なンも知らねえな。——別に、おかしかねえさ。夜鷹ってなァ大抵は本所の吉田町《よしだちょう》か、四谷《よつや》の鮫《さめ》ヶ橋《はし》あたりに住んでンだ。わちきと姐《ねえ》サンは本所の夜鷹。ご近所サンってえモンなのさ」

夜鷹は立場の弱い女たち。住むことのできる場所も限られているため、自然と集まるものであるという。

莫迦にされたのは悔しいが、なにも知らぬというのも本当だ。言い返せぬ。

十

一同は、高瀬長左衛門の屍を番屋へ運ぶことにした。

橋の西岸、浅草側たもとの方の番屋だ。

手続きとして正しくない。東岸で見つけたものであるのだから東岸本所側たもとへ運ぶべき。――いや、そもそも吾妻橋へと運んでくるべきではなかった。

本庄茂兵治の縄張りは吾妻橋の上のみとなる。橋から離れた河原道の、そのまたやや離れた林で見つかった屍というのなら、受け持ちは別の同心となるはずだ。

ただ辰ノ輔には、なぜ西岸の番屋なのか察しがついた。

(屍が見つかったのは本所のはずれ……。受け持ちは当然、本所を縄張りとする同心となろう)

すなわち廻り方同心序列八位、犬塚研十郎。

昨日の〝×〟の店でのこともある。なぜ辰ノ輔たちと高瀬のやり取りを盗み聞きしていたのかわからぬが、少なくとも今は信用せぬ方がよい。

番屋に着くや茂兵治は、番太頭の末蔵《すえぞう》に向かってがらがら声を張り上げる。

「オウッ末蔵、奥を空けな！　ほとけサマを寝かせっぞ！」

「……オヤ、これは魂消《たまげ》ましたな」

番太頭の末蔵は、いきなり死体を持ち込まれ、白髪まじりの眉《まゆ》をただぴくりとのみ動かした。――それのみだ。ぴくりだけ。とても魂消た顔には見えぬ。この男、ずいぶん場数を踏んでいると見た。

茂兵治の言う『奥』とは、捕らえた罪人や酔っ払いをぶち込むのに使う部屋。丈夫な格子があり、外から錠前がかけられる。

「奥ですかい？　今は、さっき捕まえた掏摸《すり》が入ってやすが」

「ンじゃ、そいつにも運ぶの手伝わせろ。屍を検分すっからよォ」

掏摸の男は、逆に場数が足りぬようだ。屍を前に「ヒイイ」と情けない声を上げていた。

・

床に高瀬の屍を寝かせ、一同でぐるりと囲んで検分を始める。

おとめら夜鷹はもう去ったので、いるのは同心ふたりと番太たち、捕まっていた掏摸の男、それと――、

「これが父の仇、高瀬長左衛門……」

平八であった。高瀬の顔を見るのは初めてらしい。顔も見たことのない相手をずっと憎んで追ってきたのだ。

血の気を失っていたため顔色は蠟《ろう》がごとく青白く、また浮かべる形相は苦悶《くもん》そのもの。よほど苦しかったのであろう。仏というには程遠い。――これがようやく巡り会えた仇敵《きゅうてき》、高瀬長左衛門の面貌《つら》であった。

平八も、奇《く》しくも似た顔。血の気を失って青白く、苦悶めいた面持ちをしている。

茂兵治は土まみれの高瀬の着物を剝ぎつつ、横目で「オウ」と声をかけた。

「モチへー、どォした？　笑わねえのか？」

「笑う⁉　なにゆえです？」

「そりゃおめえ、にっくき親の仇が死んだンだ。嬉しくて小躍りしそうな心持ちになるモンだろォがよ？」

「いえ、嬉しくなど……。我が手で仇を討てなかったのです。武士の本懐を遂げられなかった以上、なにを喜ぶことがありましょうか」

ずっと追い求めてきた仇が、居場所を突き止めた直後に己と係わりなきところで死んだのだ。指の間から水や砂金がこぼれ落ちるがごとき喪失を、この若者は覚えていたに違いあるまい。——そんな彼に、茂兵治は目も向けぬままに問う。

「ほォン？　ンじゃおめえ、親が好きだからでなく、武士が好きだから仇討ちしようとしてたンだな。だから、おふくろサンにも冷たくできたってぇワケかい？」

辛辣《しんらつ》かつ残酷な言葉だ。平八は無言となる。

横で聞いていた辰ノ輔も同じく黙った。——この赤鬼、嫌なことを言う。武士とはなにかを改めて考えさせられた。

（『親が大切であったから』でなく『武士は親を大切にするものだから』仇を討つ。言われてみれば本末転倒。目的を見失っているというものではないか……）

武士道とは、そんな滑稽《こっけい》な本末転倒ぶりを示す言葉であるとでも？　自分たちは、そのようなものを命がけで重んじてきたのか？

——掏摸に無理やり手伝わせたおかげもあって、着物はすぐに剝ぎ終えた。

「体に刃物の傷はねえな。こりゃ毒でも飲まされたか」

首から胸元あたりに細かい傷が無数にあったが、これは苦しさのあまり自ら爪《つめ》で掻きむしったものだという。

しかし茂兵治、荒っぽい見た目に反して手際よく屍の検分をする。さすがは廻り方同心序列四位。さながら医者か学者のようであった。

「ン？　よく見りゃ袖に墨がついてンな？　さては手紙でも書いてるときに毒が回って死にやがったか。どれ、口は……」

屍の口腔《こうこう》を覗き込む。

色合いや臭気で、なんの毒かを当てる気らしい。だが――、

「……なンだァこりゃ？」

見つけたのは、毒の種類とはまた別の手がかりであった。

「喉《のど》の奥に、丸めた紙が引っかかってらァ」

直前に書いていたという手紙であろうか。

毒を飲んだ者というのは普通、胃の中身を吐こうとする。その方が助かり易《やす》くなるものであるし、そもそも身体《からだ》が勝手に嘔吐《おうと》するもの。

であるのに、逆になにかを飲み込むとは。

それも丸めた紙とは。達者なときでも苦しかろう。うんと強い決意をもって飲み込んだに違いあるまい。

「茂兵治殿、もしや毒を盛った者の名が書いてあるのでは⁉」

「そうだな、タツスケ。かもしンねえ」

死の間際に、下手人の名を伝えようとしていたのかもしれぬ。茂兵治が屍の喉奥か

ら紙玉を引きずり出して広げると……。

「……違った。名前《なめえ》じゃねェや」

唾《つば》や胃の汁で汚れた紙には滲《にじ》んだ文字で、

――うたれてやりたかった

と、ただ一文のみ。

「こりゃあ手がかりでなく遺言だ。――モチへー、おめえ宛《あ》てだぜ」

字は蚯蚓《みみず》が這《は》ったかのごとく歪《ゆが》んでいる。毒が回り、死を逃れられぬと覚悟したのち、大急ぎで書いたのであろう。

苦しみの中、最後の力にて記した言葉がこれであった。

どうせ死ぬなら、平八に討たれてやりたかった――と。

「モチへー、この紙、貰ってくかい？」

平八は答えない。ずっと無言のままであった。

十一

その後、茂兵治と辰ノ輔は、屍を番屋に預けたまま奉行所へ向かう。屍を見つけた件を報せるためである。番太たちには、本所の犬塚には隠しておけと念を押しておいた。

（しかし茂兵治殿も奉行所へ行くとは意外な。拙者だけ使いに遣《や》ると思ったがさすがに殺しともなると、すべて人任せとはいかぬようだ。

土手道を歩きがてら辰ノ輔はふと訊ねてみた。

「茂兵治殿……。平八殿は、これからどうするのでしょうな」

「はァ？　おめえ、仇討ちやめさせたかったンだろ？」

「ええ。それは、まあ」

「だったら、ちょうどいいじゃねえか。これでもう、ぜってえに仇は討てねえ。おふくろサンが心配してたみてえに人殺しの罪を犯すこともねえ。――あとは町人として暮らしてもいいだろォし、おめえみてえにどっかの家に養子に入って武士に返り咲くってえ手もある。一番いい終わり方よ」

理屈でいえば、そうであろう。仇の死という『区切り』を迎えることで、新たな日々を送ることができるはず。よき終わり方であるはずだ。

(だが、あの平八殿の顔……。まるで己が毒を盛られたかのようであった)

彼にとっては、ただただ何もかもを失い、何も手に入れることのできぬまま。

——それと、己が毒を盛られたようといえば茂兵治も同じであった。

肌が赤焼けしているためわかりにくいが、普段とは顔色が違う。蒼《あお》ざめていた。

(高瀬殿の死は、赤鬼にこのような顔をさせるのか……)

銭を介してとはいえ、やはりふたりの間には友としての情があったのだ。あの無残な死に顔、さぞ堪《こた》えていよう。

やがて、ふたりは奉行所に着く。

そして上役与力の池田のもとを訪ねる……はずであった。通常、なにか事件が起きた際には、まずは上役与力か、あるいは自分より序列の高い同心に報せるもの。

なのに茂兵治は与力の部屋を素通りし、廊下をずかずか奥へと進む。

「茂兵治殿、どこに行かれるのです⁉」

「あァ? 決まってらァ! 奥だよ、奥!」

奥? しかし、この廊下の奥にあるのは……。

「いけません、茂兵治殿！　この奥の部屋は――‼」

「放しゃあがれ！　トリカイのところに行くンだよ！」

この先は、南町奉行鳥居甲斐守耀蔵の部屋であった。――普通は〝妖怪《ヨウカイ》〟と略すが、この男は相変わらず独特な呼び方をする。

ともあれ赤肌の蒼ざめたこの紫鬼は、止めるのも聞かず廊下を進み、そして――、

「お奉行、居ンだろォ！」

がらがら声を張り上げながら、鶴の襖をぱあんと乱暴に開け放った。

これは許されまい。さすがに無礼。叱られるだけでは済まぬかもしれぬ。辰ノ輔は、背筋が凍る思いであった。

しかし部屋に居た奉行は怒りもせず、それどころか顔すら上げぬまま。前と同じく手元の文書に朱墨を入れながら、

「……座れ」

と落ち着き払った声を発する。

部屋の中は、昨夜と同じく文箱の山。心なしか処理済の左手側が増えているようにも見えた。――妖怪奉行が座っていたのも昨夜とまったく同じ位置。

まるで眠りもせず、厠《かわや》も行かず、一歩たりとも動かぬまま部屋で仕事をし続けてい

たかのよう。

そして、ほとんどが前見たときと変わらぬ室内で、明確に異なる点がただひとつ。

昨夜は辰ノ輔がいた位置に、別の者が座っていたのだ。

「本庄殿、お奉行に無礼でありましょう」

「あァ？　なンだとイヌジューロー、スカした顔しやがって」

犬塚研十郎。廻り方同心序列八位。

本所を縄張りとする同心が、例の澄まし顔にてそこにいた。

(なぜ、この御仁が？　昨晩の拙者と同じく、お奉行に呼ばれたのか？)

——否、どうやらそうではないらしい。

奉行は顔を上げぬまま、くい、と筆にて茂兵治や辰ノ輔の方を指し、ただ、

「……申せ」

とのみ告げる。

おそらくは犬塚に『(こやつらに聞かれても構わぬから) 申せ』と命じていたのだ。

——いや、あるいは『(こやつらにもわかるよう) 申せ』の意かもしれぬ。

指示のまま、犬塚はあえて同心ふたりの面前にて奉行へ注進する。

「はっ、では……。例の高瀬長左衛門、毒にて殺されましてございます」

アッ、と辰ノ輔は息を飲む。

まさか。なにゆえ、この男がそれを知っている？　番屋の者たちにも犬塚には隠しておけと命じていたのに。

茂兵治は「ふン」と鼻を鳴らした。

「さてはイヌジューロー、ずっと探ってやがったな？　――名前だけでなく御役目も犬だったか」

御役目が犬？　密偵のことか？　そういえば奉行が昨夜、言っていた。

『――儂にも、告げ口好きの密偵《いぬ》は居《お》る』と。

この犬塚研十郎のことであったのか。密偵《いぬ》の犬塚とは駄洒落《だじゃれ》でもあるまいし。

話の間も、奉行はずっと〝妖怪〟の名に恥じぬ冷酷無情な面持ちにて、文書に朱墨を入れていたが――、

「お奉行、コイツを使って俺を見張ってたってぇのかい？」

この茂兵治の言葉に、思わずプッと吹き出し、筆の手元を狂わせた。――妖怪奉行鳥居甲斐守耀蔵、このように笑うこともあるのか。辰ノ輔は驚きで思わず目を剝く。横を見れば、密偵の犬塚も目を見開いていた。やはり珍しきことであるらしい。

「儂をそこまで暇と思うか？　お主ではない」

奉行はまた、くい、と朱墨の筆にてこちらを指す。犬塚に向けての『こやつらに教えてやれ』の指図であろう。

「は、それでは……。本庄殿、貴殿を見張っていたのではございませぬ。——お奉行が私に探らせておられたのは高瀬長左衛門。そして、それを匿う直参旗本二千二百石にして、二年前まで甲府勤番支配、今は作事《さくじ》奉行の職にあられる小山田主計頭忠孝《ただたか》様でありました」

だから〝×〟の店を立ち聞きしようとしていたのか。

小山田主計頭という名は前にも聞いた。高瀬を用人見習いとして屋敷で雇っていたという旗本だ。建物の修繕を司《つかさど》る作事奉行であるという。

だが、その人物、もと甲府勤番支配だと？　しかも二年前までとは。

つまりは平八の父が殺されたときの上役。賄賂の上前を撥《は》ねていた勤番支配であるというのだ。

「なンでお奉行がチョウの字を探ンだよ？」

「ここから先は千代田のお城の事情にて、私も詳しくありませぬが……小山田主計頭様は、御老中水野越前守様に刃向かう反御老中閥。——その閥の内でも跳ねっ返りで、身内の中での地位を高めるべくコソコソ動き回っているのだとか」

「関係ねえ話を長々とすンじゃねえや」

「いいや大いに関係あり。最後まで聞いていただきたい。小山田主計頭様は人品こそ卑しいものの、賂の取り方と配り方が上手《うま》く、また甲府勤番支配のころに貯《た》め込んだ財もあり、重宝できるがゆえに厄介な御仁。——なので反御老中閥の主流は、仇討ち騒動を仕掛けることで軽くへこませてやろうとしたのです」

屋敷の用人見習いが過去に上役を斬り殺し、仇と追われていると世に知られれば、千代田でも悪い噂となろう。この騒ぎを受け、主計頭も少しは大人しくなるはず。

——そんな目論見《もくろみ》で、それとなく平八に仇の居場所を教えたという。

（なんと！　平八殿は、亡き御父君の知己から聞いたと言っていたが……）

まさかの真実。よもや、そこから既《すで》に謀《はかりごと》であったとは。

「しかし困ったことに、仇討ち息子はこともあろうか南町奉行所の同心に金を借り、おまけに助太刀まで頼むという……。このままでは我ら南町奉行所が——そして御老中水野様の懐《ふところ》刀《がたな》であらせられる南町奉行鳥居甲斐守様が巻き込まれます」

反老中閥の内輪揉め——それも、さほど大きくもない揉めごとであったというのに、これでは老中閥と反老中閥の争いとなりかねぬ。

だから妖怪奉行は辰ノ輔を呼び出して、助太刀してはならぬと釘《くぎ》を刺したのだ。

「ンで、それがチョウの字が殺されたのと、どう関係あンだ?」

「はい。貴殿らが〝×〟の店にて高瀬長左衛門と一杯やった後のこと……」

つまりは、こやつがもと伊賀者に見つかり逃げたのち。

「私は、お奉行の使いとして本所にある主計頭様のお屋敷へ行き、伝えたのです。

——小山田様と高瀬殿のことでなにやら謀《はかりごと》があるようですが、これは当奉行所と関係なきことにござります、と。さらには……」

小山田主計頭の屋敷は本所にある。犬塚の縄張り内であるという。——というより、だからこそ奉行はこの男に小山田と高瀬の件を任せていたのであろう。

そして、この澄まし顔、聞き捨てならぬことを付け加える。

「当奉行所の同心が、助太刀と称してご無礼をするかもしれませぬ。ですが、これまた当方とは関係なきこと。なんなれば使いである私がこちらのお屋敷に留まり、その不届きな同心めを成敗いたします……と」

もし佐々木辰ノ輔が助太刀するならこの手で殺す、と。

この男、腕にかなりの覚えがあるようだ。——それは辰ノ輔も、立ち方や歩き方にて察していた。おそらく自分と互角か、それ以上。

(以前、番太頭の末蔵に、旦那《だんな》は南町で三番目か四番目に強い、と言われたが……)

一番目か二番目は、この男であるかもしれぬ。

「しかし佐々木殿、ご安心を。小山田主計頭様は拙者の申し出を断りましたゆえ。

――その後、私が帰ったふりをして近くの藪《やぶ》に潜んで見張っていると、二刻ほど経った丑三つごろ、ご家来衆がもっこを担いで出て行きました」

高瀬長左衛門は、犬塚より少し前に屋敷へ帰ってきていたという。

しかし犬塚、こんな気取った風貌《ふうぼう》をしながら二刻も藪に潜んでいたとは。案外、辛抱強い男であった。

「で、そのもっこの荷がチョウの字ってワケかい……」

「ええ。以下は、それがしの考えにすぎませぬが――」

と、ここで密偵《いぬ》の犬塚は、ちらと奉行《あるじ》の顔を見る。

己の憶測を述べてもよいか許可を得ようとしていたらしい。妖怪は黙したままであったが咎めもせず、なので続きを語り出す。

「高瀬を殺したのは、小山田主計頭様とそのご家来衆。殺して埋めてしまえば最初から居なかったことになり、揉めごとの種はなくなりますゆえ」

なんと哀れな最期であろう。窮鳥《きゅうちょう》高瀬長左衛門は、懐主である小山田主計頭に裏切られ、捨てられたのだ。

それまで茂兵治の顔は赤い日焼け肌が青ざめた赤青の紫色をしていたのだが、話を聞いて怒りに血が燃え、赤赤の真っ赤となっていた。

「オウ、お奉行よォ……。その小山田てェ旗本、どうにか罰してやりてぇンだが」

だが奉行は顔も上げぬまま、文箱を右から左に処理し続けつつ、

「——許さぬ」

と凍てつく声にて返事する。

「茶番はやめよ。今初めて真相がわかったようなふりをするな。貴様は初めから小山田主計頭が下手人であると当たりをつけていた。だから儂のもとへと来たのだ。あやつを捕らえてよいか許しを得ようと」

「あ、いや……」

「だが許さぬ。旗本を罰するのは町奉行所の役目ではない。そのくらい知っていように。——貴様は〝妖怪〟の力を当てにしておったのだ。儂なら法を破って、主計頭を捕らえるよう言ってくれるかもしれぬとな。同心の風上にも置けぬ卑怯者《ひきようもの》よ」

「い……いや、そんなンじゃねえよ！」

「ならば諦めるのだ。これは千代田のお城の問題。高瀬長左衛門が消え、おかげで閥同士の揉めごとは起きぬ。だれも得せず。だれも損せず。結構なことではないか。

――そもそも、わかっておるのか？　高瀬が死んだのは貴様と佐々木辰ノ輔のせいであるのだぞ。貴様らが余計な首を突っ込んだために、小山田主計頭は高瀬を殺すしかなくなったのだ」

「そんな……。俺ゃあ、ただ……」

珍しく、奉行が滔々《とうとう》と説く。

説教であった。仏法の経典でなく役人の都合に基づく理《ことわり》ではあるものの、まさしく高僧の説法がごとき語り口。

そしてやはり珍しく、この傍若無人《ぼうじゃくぶじん》の赤鬼茂兵治が、叱られた小僧のようにしょげていた。

今のふたりは奉行と同心というより和尚《おしょう》と小坊主。あるいは親子。

妖怪の父と、赤鬼の息子であった。

おまけに最後のは堪えたであろう。高瀬の死が、茂兵治と辰ノ輔のせいだとは。少なくとも傍らにいた辰ノ輔には堪えた。言葉は槍《やり》の穂先がごとし。薄々気づいていたがこそ、なお胸に深々と突き刺さる。

「本庄よ、わかったら部屋から出ていけ。――もし、どうしても小山田主計頭に一矢報いたいと申すなら、あやつの息の根を止める手立てを思いつけ。それならば許す」

息の根を止めよ。ただ一度の機で。完膚なきまでに叩き潰《つぶ》せ。決して立ち直れぬように。奉行や老中水野の閥に仕返しするなど考えることさえできぬよう。半端に価値が残れば、反老中閥や他の閥が助けようと思うかもしれぬ。それも無きよう念入りに。

——そこまでできて、やっと小山田を罰することを許すという。

（ひどい無理を申される……。相手は二千石越えの作事奉行様だというのに）

つまりは断られたのだ。ふたりは奉行の部屋を後にする。

失望のためか、茂兵治はただ黙したまま俯いていた。

十二

すでに刻は昼八つ。

ずっと晴れぬ天の下、茂兵治と辰ノ輔はまた土手道を歩いていた。今度は吾妻橋へと戻る道。足取りはひどく重い。

（これは、報いであるかもしれぬな……）

小山田主計頭に一矢報いたいというのは、いわば高瀬長左衛門の仇討ちである。平八の仇討ちを邪魔しようとしておいて、己たちだけ成そうというのは道理に合わぬというものだ。

数歩前を歩く茂兵治は、ずっと無言。顔も俯かせたままであった。

辰ノ輔は慰めの言葉をかけようと、前へと回って顔を覗き込むが……。

「――⁉ 茂兵治殿、笑っておられるのですか？」

いつからであったのだろう？

下を向いて歩きつつ、この男がよくする白い歯を剝き出しにするにぃいの笑みを浮かべていたのだ。

「へへ、笑いもすらァ。面白くなってきたからよォ」

「そうなのですか？」

「オウ。おめえも聞いただろォが。――もし、どうしても小山田主計頭に一矢報いたいと申すなら、あやつの息の根を止める手立てを思いつけ。それならば許す。……だとよ」

声色を真似しながら、言われたことを一言一句漏れなく繰り返す。

なんと冷酷な物言いか。ただの物真似であるのに妖怪の顔を思い出し、首の後ろが冷たくなった。

普通に考えれば『やってはならぬ』という意味に決まっていよう。しかし——、

「許しが出たぜ。さすがトリカイ、話がわからァ」

この赤鬼金太郎は、まったく逆の意味に捉えていた。


ふたりは吾妻橋西岸、浅草側たもとの番屋へと着く。

奥の格子部屋では見知らぬ男ら三人が、高瀬の屍を囲んでいた。

「あの御仁らは？」

「近所に住んでる蘭方医《らんぽうい》よ。三人とも俺から銭を借りてる。ほとけが出たときゃ診《み》てもらうことにしてンのさ。——オイ先生がたよォ、なンかわかったかい？」

医者たちは屍の検分に集中していたため、声をかけられてやっと同心たちがいるのに気がついた。

「毒は砒霜《ひそう》（ヒ素）ですな。それも鼠捕《ねずみと》りに使うような安物でなく、もっと高価で強力な……そう、たとえば甲州は鈴庫山《すずくらやま》産のものでしょう」

またも甲州。

小山田主計頭はもと甲府勤番支配。手に入れるのは難しくあるまい。

「それと、喉のうんと奥からこのようなものが」

医者たちが盆に載せて差し出したのは、ぬめった汁で汚れた紙玉であった。

茂兵治が高瀬の口から取り出したものと似ていたが、それよりひと回りほど大きな玉だ。

「丸めた紙をふたつ飲み込んでおりました。こちらが奥――つまりは先に飲んだ方となります」

茂兵治は汚れも毒も臆《おく》することなく、素手で紙を広げて中を読む。

前のは『うたれてやりたかった』のただ一言のみであったが、こたびは違う。長い文がつづられていた。

「ンー、どれどれ……」


――〃×〃の店から、小山田主計頭の屋敷に帰ったあとのこと。屋敷の用人たちが急に握り飯を勧めてきた。ろくに口を利いたこともないというのに怪しい限り。

この握り飯は毒入りであろう。

だが、わかった上であえて食う。たき殿と平八殿へのせめてもの償いである。

滲んで読みにくかったが、序盤はおおよそこのような内容であった。

「ケッ。チョウの字め。腹を切る度胸がねえとか言いながら、結局は自分で死にやがったか」

とはいえ、これは度胸でなく、裏切られて気力が尽きたゆえであろう。

主計頭の家中の者は、剣では勝てぬとみて毒を盛った。——もし毒だけで死なずとも、いざとなったら苦しんでいるところを斬ればよい。そんな二段構えの算段であったはずだ。

さらに文面は続く。

——じぶんは、ろくな男ではなかった。うそつきである。

上役である望月平重殿を殺したのは、あやつが悪徳だったからではない。小山田主計頭にたのまれたからである。

うすうす気づいていたのであろうが、なのに仲よくしてくれてかたじけない。ぜにはすまぬ。

終わり際ともなると、そろそろ毒の効き目が出てきたのか、文字は歪み始めていた。

いずれにせよ、これは茂兵治への遺言。輩《ともがら》への思いをつづったものだ。

「なにが『ぜにはすまぬ』だ、莫ぁ迦野郎が……。謝っても貸した銭は返ってこねえぞ。俺は泣かねえが銭が泣かァ」

「茂兵治殿……」

赤鬼は皆に背を向けていたため、どのような面相であったか見ることはできない。今、彼は自らの言葉に反して涙を流していたかもしれぬ。――だとしても、だれも笑うまい。辰ノ輔は万が一にも茂兵治の顔が目に入らぬように顔を背けた。

（しかし……平八殿の父上を殺《あや》めたのは、小山田主計頭に頼まれてのことだと？）

捨てては置けぬ一文であった。

そうであったか。小山田主計頭は、なにゆえ高瀬を用人見習いとして雇っていたのか。――これでやっと辻褄《つじつま》が合う。

（二年前、平八の父である望月平重が殺されたとき、甲府勤番支配は小山田主計頭であった……）

この主計頭、勤番小頭の平重と組んで荒稼ぎを繰り返していたが、旗本である以上、本当は地方でなく千代田のお城で奉公したい。

なので、あちこち賂を贈り、やがて望み通り江戸で作事奉行の職に就くこととなる。

ただ、そうなると邪魔になるのは望月平重。

野放しにすればなにを言い触らされるかわかったものではない。また平重も共に江戸へついて来て、千代田での栄達を望んでいたのかもしれぬ。さぞ鬱陶《うっとう》しかったろう。そこで貧しいが剣の腕が立つ高瀬長左衛門を使って始末した。

その後は、またたれかを殺す当てでもあったのか、江戸の屋敷で高瀬を安く飼い続け……。

「——ということではございませぬか？」

辰ノ輔の推量に、茂兵治は背を向けたまま返事する。

「……ま、そンなトコだろな。はっきり聞いてたワケじゃあねえが、俺もそンなモンだろうと思ってた」

やはりか。遺言の文にあった通り、茂兵治はすべてを察していた。

なのに詳しく聞くこともなく、朋輩として接していたのだ。

「茂兵治殿、この紙玉があれば小山田主計頭を罪に問えるかもしれませぬぞ」

「はァン？　タツスケ莫ぁ迦か？　こんなン、チョウの字が言ってるだけだ。なンの証拠にもならねぇ。——そもそも、この程度じゃ〝息の根〟は止めらンねぇだろが」

たしかに。小山田主計頭は完膚なきまでに叩き潰さねばならない。そうでなくば妖怪奉行が許してくれぬ。紙玉ひとつでは荷が重かろう。

「マ、見てやがれ。ここでチョウの字から預かってるカタが役に立つ」

百両貸したという形《かた》か。

なんであるのか辰ノ輔は聞いておらぬが、果たしてなにと交換ならばそれほどの大金、融通しようという気になるのか。

そして、いかにして旗本二千二百石の息の根を止めるというのか。

「末蔵よォ、物置の底に隠してあるチョウの字のカタを出しやがれ。——あと、使いを頼まァ。今夜〝放銭会《ほうせんえ》〟を開く」

「へえ、旦那」

——〝放銭会〟？

茂兵治の口から、またも聞いたことのない言葉が飛び出た。

十三

河原というのは、武家、町人、寺社、いずれのものでもない土地である。——ただ、だからといって、ここでなにをしようと法が及ばぬわけではない。罪を犯せば、他の地と同じく廻り方同心や番太の手でお縄になる。

なので言うなれば、同心の土地。

他の公権力らの所管外にある分、結果として廻り方同心が強い力を持っていた。

吾妻橋あたりの河原は、本庄茂兵治のものである。

その夜四つ。西岸浅草側の土手道を橋から北へ向かって歩いた者は皆、夜鷹たちに呼び止められた。

「――チョイと。今夜はこの道、通行止めだよ。あっちの道を通っておくンな」

多くの者は首をかしげる。夜道で夜鷹のかける言葉は『お兄さん遊んでっておくれ』と相場が決まっているものだ。

なのに、逆に『こっちに来るな、ここは通さぬ』とは。

もとからさほど人の多い道ではなかったが夜遅くということもあり、たまに通る者は一杯飲んだ帰りがほとんど。――そのため「なんで夜鷹なんぞに通せんぼされなきゃいけねえんだ」と怒って絡む者もいたが、

「今から〝銭もへ〟の〝会〟があるんだよ。通るかい？」

この一言で、慌てて道を引き返す。

近隣に住まう者ならば、〝銭もへ〟の〝会〟には近づいてはならぬと、だれでも知

っているものらしい。

（あの夜鷹ども、まるで関所の番人であるな）

辰ノ輔は夜鷹の関所の奥にいた。草むらに茣蓙を何枚も敷いた、花見や月見を思わす宴席に。

ただし今は八月も下旬。桜は咲いておらず満月でもない。

しかもこの宴《うたげ》、酒も料理も一切出ぬ。――なのに客から不平は出ない。

これは、銭の宴であるのだ。

「これはこれはタツスケ様――いえ、佐々木様。これが噂の〝放銭会〟でございますか。あたくし、初めてでございましてな」

月が雲で隠れた闇の中、提灯《ちょうちん》でこちらを見つけて挨拶してきたのは〝質ふじ〟の主人であった。茂兵治がそう呼んでいるせいで、あちこちでタツスケの名で呼ばれる。

ともあれ、この男とて大店の主。浅草上野の界隈《かいわい》ではそれなりに名の通った商人のはず。なのに宴に呼ばれた緊張で月代《さかやき》を汗まみれにさせていた。

「平八様の仇討ちの件では、とんだ騒動に巻き込まれたと思っておりました。しかし、こうして〝銭もへ〟様とお近づきになれ、〝会〟にまでお誘いいただけるとは勿怪《もっけ》の幸い――。いえ、お武家様がひとり亡くなったのに幸いとはご無礼を」

「いや……」

辰ノ輔は、この〝放銭会〟というものを知らぬ。この質屋の主がなにを有難がっているのか想像すら及ばなかった。

この宴に来ている客は、ざっと二十名ばかり。

商人や武士、さらには僧ややくざ者まで身分はばらばら。――しかし皆、富裕の者であるらしい。身なりでわかる。

〝質ふじ〟の主人も張り切ってめかし込んではいたようだが、二十名の中では並み程度。もっと高そうな着物の者もざらにいた。

そんな者たちが、なにもない川っぺりにて、夜鷹どもから借りた汚い茣蓙に腰かけていたのだ。

(拙者が知っているのは〝質ふじ〟の他だと、あとふたり――)

ひとりは本所の半分を仕切っているというやくざの女親分〝阿弥陀《あみだ》のミツ〟。

もうひとりは昼にも顔を合わせた夜鷹の頭《カシラ》〝蛇ノ目のおとめ〟だ。おとめは遠くから辰ノ輔の姿を見つけるや、振袖《ふりそで》の尻をからげて駆け寄ってきた。

「オッ、タツスケじゃねえか。隣に座るぜ。――ゼニカネの臭いプンプンさせてるヤツの近くは、なンつゥか据わりがワリィ」

「好きにしろ」

素っ気なく答えはしたものの、実を言えば辰ノ輔も思いは同じだ。大尽ばかりが居並ぶ中で、一介の同心は居心地が悪い。夜鷹の隣が落ち着いた。

（いや、待て……。このおとめ、こう見えて存外、金子を持っているのでは？　だから、この会に呼ばれたのではないか？）

だとすると本当に貧しいのは自分のみ。ますます肩身は狭くなる。

「タッスケよォ、尻をはしょって座ンねえよう気ぃつけな。夜鷹の莫蓙だ。シラミが移るかもしンねえ」

「う、うむ……」

隣で話を聞いた〝質ふじ〟主人は慌てて莫蓙から尻を上げるが、周りを見渡し、他の者が誰も腰を浮かせていないのに気づくや、観念してべたりと座り直した。

そして、もうしばらく待ったあたりで――、

「オウ。揃ってやがンなァ」

やっと現れたのは〝銭もへ〟茂兵治。

ちょうど雲の切れ目から月が顔を覗かせる。天よりの光に照らされた赤鬼の姿は、なにやら神々しく見えた。

「いつもは貸す側の俺だがよォ、今夜はおめえらの力を借りてえ。——ぶっ潰してぇ野郎がいンだ」

茂兵治はいつものがらがら声にて、一同の前で語り出す。

望月平八の仇討ち騒動に、高瀬長左衛門の死。——さらには殺したのが小山田主計頭らであることまで、知っている限りのすべてを。

(よいのか、そこまで教えてしまって? この〝放銭会〟の客たちは、そこまで信用できる者たちなのか?)

やくざ者まで交じっているというのに。

辰ノ輔が顔に不安の色を浮かべていると、おとめが横から教えてくれた。

「安心しな。ここで聞いた話は、ぜってえ他所《よそ》じゃ内緒の決まりさ。だから、ものへの野郎も平気で全部ペラペラ喋ってンだ」

「そうか……。しかし決まりはよいが、皆、その決まりは守るのだろうな?」

「まァな。みんな、ものへの怖さにゃ一目置いてっからよォ。——あそこの〝阿弥陀のミツ〟なンざ『人を殺すな』ってえ世間の法は守らねえが、『ここでの話は内緒』ってぇ決まりは守る」

それはそれでどうであろうか。ただ〝蛇ノ目のおとめ〟がそこまで言うのだ。憂《うれ》う

必要はないのであろう。〝銭もへ〟茂兵治はひと通り事情を語り終えると、

「で、俺はその小山田主計頭を潰してえ」

と本題を切り出した。

「そのためにゃあ、だいたい五百両くれえ要る。——どいつか、この話に乗っかるヤツはいるかい？　いくら銭を出せるか言いな」

五百両⁉　大身旗本をひとり潰すには、さすがの大金が必要らしい。

だが、乗っかるとは？　銭を出す？

言葉の意味がわからずにいると、今度は〝質ふじ〟の主人が教えてくれた。

「なるほど、いわば講ですな。〝銭もへ〟様は、その御旗本様を潰す元手を、皆から集めようというのでしょう」

そうか。力を貸せとはそういうことか。——と、ここで客のひとりが手を上げた。

「——わたくし、本所もんじゅ屋が主人、作兵衛《さくべえ》にございます。〝放銭会〟はこたびが初。皆様、どうぞお見知りおきを」

江戸に疎《うと》い辰ノ輔でも、この店の名は知っている。最近知った。

本所で一、二を争う大店であり、食べ物から贅沢品《ぜいたくひん》まですべてを扱う小売業。——

そして〝ノコ久〟の盗賊騒ぎで、茂兵治と辰ノ輔が救った店である。

「〝銭もへ〟様とタツスケ様がいなければ、今ごろは店の者一同、殺されていたことでしょう。御恩に報いるため、ひと箱、出させていただきます」

ひと箱とは、千両箱ひとつということらしい。

さすがは大店、信じられぬ額をぽんと出す。要るのは五百両であるのだから、半分余るではないか。客たちからは「おお」と声が上がった。

(もんじゅ屋も、この会は初めてであるのか。ならば気前よく振る舞っているのは、我らへの恩だけではないな)

他の客人たちに『さすがは本所一、二の大店』と一目置かれようとしていたのだ。逆に、けちれば『助けてもらったくせに器が小さい』と嘲《あざけ》られよう。

このもんじゅ屋の名乗りを受けて、別の者も手を上げた。

「お待ちを！　あたくしも出させていただきます！」

辰ノ輔の隣に座っていた〝質ふじ〟主人である。

同じく初の参加であり、先ほど茂兵治が事情を語った際には店の名も出た。ここで手を上げぬわけにはいくまい。

「あたくしも〝銭もへ〟様にはお世話になった身。こちらはもんじゅ屋さんほどの大店ではございませんが、多少は出させていただきましょう」

もうとっくに必要な額面は足りていようが、黙っていれば商人がすたるというもの。〝質ふじ〟は威勢よく名乗り出たが――、

「額は、そうですな……」

と、ここにきて今さら声の調子を落とす。

この質屋の主人、本当は金を出したくないのだ。なにせ、もんじゅ屋と違いそこまで助けてもらっておらぬ。贔屓《ひいき》にしている女中の頼みを聞いただけ。しかも〝銭もへ〟ではなく辰ノ輔がだ。――しかし、こうなったからには出さねば恥。どうすべきか迷いに迷っていたところ、

「オウ、ふたりとも手を下ろしな。気持ちはありがてえが、そういうことじゃあねえンだ。恩に銭を出してほしいワケじゃねえ」

この言葉に、〝質ふじ〟は胸を撫で下ろす。もしかすると彼は今、初めて〝銭もへ〟に助けられたのかもしれぬ。

当の茂兵治は、そんな質屋の胸の内など意にも介さず話を続ける。

「損するために銭を使ってほしかねえンだ。銭が泣く。――いいか、儲《もう》けるために銭を使いやがれ。俺が旗本小山田主計頭をぶっ倒すことで儲けることのできるヤツが、ちゃんと儲けが出るように銭を出すンだ。俺は金貸し。ほどこしは受けねえ」

世の者たちは〝銭もへ〟を『銭に卑しい男』と思っていよう。銭のためなら、どんなことでもする男だと。

しかし、それは誤りである。

この赤鬼金太郎、銭に卑しいどころか『銭に誇り高い男』であった。

(ほどこしは受けぬ、か。ご立派なお心がけよ。とはいえ……)

とはいえ直参旗本二千二百石と戦うことで、どうやって儲けるというのか？　だれが儲けられるというのか？　その場の一同、頭をひねっていたところ——、

「——儂は百両出そう」

端に座っていた頭巾《ずきん》姿の老武士が、嗄れ声で手を上げる。

この頭巾の中がだれであるのか辰ノ輔は知っていた。

(お奉行、なぜこの場に⁉)

南町奉行、鳥居甲斐守耀蔵。顔を隠していても眼光のみですぐわかる。

(茂兵治殿に呼ばれたのか？　文箱だらけの部屋から一歩も出ぬまま暮らしているかと思っていたが……)

まさか、わざわざ奉行所から二里も離れた河原に来るとは。

ただ、この人物こそは、まさしく〝銭もへ〟の言っていた『旗本小山田主計頭をぶっ倒すことで儲けることのできるヤツ』であった。

「ホーウ、気前がいいじゃねえか。さむれえの割りに持ってやがンな?」

「ふん。だいぶ無理をした額よ。とはいえ反御老中派の者をひとり取り除けるなら安いもの」

小山田主計頭は作事奉行という公儀の要職に就いており、また賂の取り方と配り方という上級武士にとって大切な技能に長《た》けている。

除くのに大金を使う価値はあろう。——だが、奉行は「ただし」と付け加える。

「ただし本当に、あやつの息の根を止める手立てを思いついたというならな。この場で教えてもらおうか」

「へヘッ、我儘《わがまま》なジジイだ。特別だぜ。——コイツよ。チョウの字から預かってた借金のカタだ」

そう言って〝銭もへ〟が懐から取り出したのは、油紙で大事に包まれた一冊の帳面であった。

「ジイさん、読んでみな」

先ほどからジジイ、ジイさんなどと呼ばれ奉行はわずかに眉を顰《ひそ》めていたが、包みを剝《は》がして帳面の中身を目にするや両目をかっと見開いた。

「これは、賂帳《まいないちょう》か」

「オウよ。モチへーの父親、悪徳勤番士の望月平重がつけてたのさ。だれからいくら貰って、だれにいくら払ったかって、逐一ぜんぶ書いてあらァ。——チョウの字は望月平重を殺したときに、こいつをコッソリがめてたってワケよ」

払った先は当時の勤番支配、小山田主計頭。

本来、これだけで汚職の証拠になろう。主計頭まわりの金の動きと照らし合わせることができれば、あやつを罪に問えるはず。——ただし、それはあくまで『本来』ならば。千代田にうごめく閥の一員となると話は別だ。

「この程度、主計頭なら揉み消すであろうな」

奉行の双眸《そうぼう》はまた細くなる。

しかし〝銭もへ〟茂兵治の赤鬼面は、にいいと白い歯を剝いていた。

「普通なら、そうだろォな。——けど、こたびは普通じゃねえ」

「というと？」

「チョウの字は、もういっこデケェ道具を遺《のこ》してくれたのさ。いいか、こういう算段だ。耳かっぽじってよく聞きな」

辰ノ輔は、その算段とやらを聞いてあきれた。

なんたる出鱈目《でたらめ》。なんたる滅茶苦茶。本当に、そのようなこと可能であるのか？

一方、頭巾の奉行に目を遣ると……。

「くははッ！　なるほど、面白い！」

笑っていた。けらけらと腹を抱えて。この妖怪、このような声で笑うのか。

「その手であれば息の根を止められよう。よかろう、奮発してもう五十両出す」

これにて入り用だという五百両のうち、百五十両が手に入る。

しかも奉行はそれだけでなく、

「皆の衆も、出すなら出した方がよいぞ」

と他の客たちに斡旋《あっせん》までしてくれた。

「〝銭もへ〟の手筈《てはず》が上手くいけば、御老中水野様の閥はますます力を強めよう。

――たしかに御老中は倹約令と綱紀引き締めで知られたお方。金儲け好きには仇敵であるかもしれぬ。しかし勝つと事前にわかっておるなら、いくらでも儲ける手筈はあるではないか」

噂によれば老中水野は、大規模な土木普請や小判の改鋳《かいちゅう》などを行おうとしているが、千代田城内で反対の声が強く、進められずにいるという。

その反対派の力が弱まるというのだ。材木や改鋳前の小判を買い占めておけば、それだけで巨額の利になろう。

あるいは、今のうちに老中派へ近づいておくのもよい。口ぶりからしてこの頭巾、おそらくはあの御仁であろう。間を取り持ってくれるはず。――一同、そんな算盤《そろばん》が弾《はじ》けたらしく、

「もんじゅ屋にございます。当方、二百両お出ししましょう」

「〝質《う》ふじ《ち》〟は五十両……いえ、六十両！　いや六十五両お出しします！」

この調子で、次々と金を出し始めた。

「コラァ順番だ！　ひとりずつ言いやがれ！　――オウ、タツスケ、こっちに来やがれ。だれが何両出すか書き留めときな」

「は……はい、ただ今！」

褒美金の五両のことでずっと愚図愚図言っていたというのに、この会では十両、百両の金が平気で飛び交う。

やはり銭金というのは、あるところにはあるものなのだ。

「さて、元手はこれでヨシと……。はン、どいつもこいつも欲の皮ァ突っ張らせやがって。儲かるとわかったら目の色が変わってらァ。——ンじゃあ今度は使う方だ。ミツよ、おめえに頼みてえことがある」

「はい旦那、なんでござンましょう」

茂兵治は、やくざの女親分〝阿弥陀のミツ〟を近くに呼ぶ。

以前も薄々感じていたが、この餅の塊がごとき太っちょ女、もしかすると〝銭もへ〟に惚《ほ》れているのかもしれぬ。赤鬼の前では、どこか女らしい顔をしていた。

「ミツよ、おめえの伝手《つて》でよ、もと盗賊を集めてくンな。腕のいいやつらがいい。集めた五百両のうち二百両を使って雇う」

「盗賊……でござンますか？　何人くらい？」

「オウ、そうだな……。だいたい二十貫（約七十五瓩《キログラム》）チョイのモンを運ばなきゃなンねえから、四、五人てぇトコか。あとは錠前破りも欲しい」

盗人を雇うとは聞き捨てならぬ。——さては小山田主計頭の屋敷から、なにかを盗み出す気であるか。

しかし二十貫以上とは、ずいぶんな重さではないか。

「あと、もうひとつ頼みてえ。おめえにしかできねえことだ」

十四

やがて会はお開きとなり、客たちはめいめい夜道を帰っていく。

皆、去り際に〝蛇ノ目のおとめ〟に幾ばくかの銭を渡す。――名目は『茣蓙の借り賃』だというが、つまりは夜鷹たちの仕事を邪魔した埋め合わせであった。この代金を払うからこそ夜鷹たちは道の通せんぼを手伝ってくれたのだ。

「しかし茂兵治殿、〝放銭会〟と聞いたときにはどんな集まりか皆目見当もつきませんでしたが、つまりは顔見知りの大尽衆に銭を出させる集まりでしたか」

「いンや、タツスケ。そうじゃねえ。やつら金儲け大好きな銭朋《ぜにとも》どもと、泣いてる可《か》哀想《わいそう》なお銭チャンを助け出し、供養してやる会なのさ」

銭朋とは、また知らぬ言葉を口にする。そんな話をしていると――。

「……茂兵治よ」

頭巾の奉行が、同心ふたりのすぐ傍《そば》にいた。

「しくじれば、ただでは済まぬぞ。貴様も、そして、この儂もな」

「ヘッ。そンときゃ諦めて、チョイと早めに地獄へ行くさ。ジジイは歳だし、どうせそンなに変わンねえだろが」

「ふふン」

このふたり、妙に気安い。——特に奉行、こうして〝放銭会〟に来てくれたことといい、無礼な口を許していることといい、ずいぶんと本庄茂兵治を好き勝手にさせていた。以前より、この赤鬼を高く買っていたのであろうか。

「茂兵治、貴様は銭と刀のあいの子よ。——知っておるか。武士の世は、そのうち終わる」

「ははッ。急に、えれえこと言いやがンな」

「だが事実だ。商売というものが世に大きな役割を持ちすぎて、やがて武士では天下を治められなくなる。御老中は改革により武士の世、徳川《とくがわ》の世を長引かせようとしておられるが、それとてただの刻稼ぎよ。世は変わり、刀と武士の世から銭と商売の世となろう」

なんと。辰ノ輔は我が耳を疑った。町奉行の職にある者が、まして老中水野越前守の腹心が、口にしてよい言葉ではない。——この奉行、懐刀としてさんざん謀を駆使していながら、本当は老中の改革を信じておらぬと？

「そして世の変わり際《ぎわ》では、武士、町人を問わず、常に弱き者が困窮する。――そやつらを救うのは、貴様のように銭と刀の両方を持つ男だ。せいぜい励め」

「ははッ、下々の者の心配《しんぺえ》をしてくださるたァ慈悲深えじゃねえか」

「町奉行であるからな。貴様が励めば、儂は下々に手間を取らされずに済む。その分、千代田で陰謀を多くできる」

妖怪奉行はそれだけ語ると、おとめに莫蓙賃を渡して闇の中へと去っていった。


その夜。本所の阿弥陀寺にて、ひとりの男が博打で負けた。

大負けである。その額、七両一分二朱。

ずっと負け続けだったのではない。何度か負けが続くと一度勝つ。次に負けたら帰ろう、と思って賭けたら今度は当たる。――この繰り返しで気がつけば、どうしても返すことのできぬ額まで負けていたのだ。

「おアニぃさん、ずいぶんと負けたものですわねえ」

他の客が全員帰った阿弥陀堂の賭場《とば》にて、男はやくざ者たちに囲まれていた。博打は長いが、これほど負けたのも、囲まれたのも初めてのこと。

彼の目の前に座るのはこの賭場の女親分、阿弥陀のミツであった。

(この女が……この太っちょ女が来てから調子がおかしくなったんだ！　それまでは普段と変わンねえ負け方だったってえのに！)

この親分、ふらりと真夜中九つごろに現れて、自ら壺振《つぼふ》りを務めたのだ。どこかから帰ってきたらしく、子分が『おけえりなさい』と出迎えていたのを憶えている。

(まさか、いかさま《サマ》か⁉　いや、そんなわきゃねえ……。あんな風に勝ったり負けたりで大負けなんて、俺ひとりを狙《ねれ》え打ちにしたんでなきゃできねえことだ)

阿弥陀のミツほどの大物が、自分ひとりを的にかけたりするはずがない……。

「で、おアニぃさんどうやって返すおつもりで？」

この女、柔《やわ》いのは肉と言葉づかいのみ。声も眼光も怖ろしい。顔肉に埋まった両目に見据えられると、背中の震えが止まらなかった。

「ウチとしちゃ、吾妻橋に借りに行ってくれてもいいんですよ」

「あ……吾妻橋？　〝銭もへ〟か⁉　嫌だ！　鬼の〝銭もへ〟だきゃあ堪忍してくれ！前にたったの二分借りて、どンだけ返すのに苦労したか……‼」

「そう言われましてもねえ……。ああ、そうだ。いい手があります。――チョイと、だれか例の大工を呼んどくれ」

やがて子分らに連れて来られたのは、年のころは三十五、六。職人姿の冴えない男であった。

「この大工はね、やっぱりウチの賭場で大負けした客なンですが、ろくに仕事が無いんで銭が無くて払えないというんです。——おアニぃさん、たしか本所内《うち》にある大きなお武家屋敷のお中間《ちゅうげん》さんなのですよね?」

「オ……オウ、作事奉行の小山田主計頭サマのお屋敷よォ」

「では、そこの男をお屋敷の出入りの大工にできませんか? なに、最初は壊れた棚だの塀だのを直すくらいの仕事で結構。腕のいい男ですので、作事奉行様に気に入られれば大仕事を任されることもありましょう。——頼みを聞いてくださるなら、負け金はしばし待ってもよろしゅうござンます」

信じられぬ話であった。

銭を待ってくれることではない。大工の面倒を見てやっていることがである。

さすがは大親分。脅しすかしだけでなく、こうして仕事の世話をすることで銭を取り立てようというのだ。じわりと目に涙がにじむ。

(なんて立派な……。〝銭もへ〟の野郎にも見習わせてやりてえ)

純な男だ。博打打ちは皆そうかもしれぬ。賽《さい》の丁半でやくざ相手に儲けようなど、純でなければできぬこと。

「お中間のおアニぃさん、引き受けてくださンますか？」

「お……オウ、頼んでやらァ！」

その日のうちに、男は屋敷の用人に『知り合いの大工を屋敷に出入りさせたい』と話をつけた。

この大工、実際に腕はよい。試しに細かい用事を頼んでみると、あっという間に棚を直し、廊下の傷んだ板を張り替える。

——大工の名は、久五郎《きゅうごろう》。

人呼んで〝ノコ久〟。

だが中間や屋敷の者たちの前では、なぜか鉢五郎《はちごろう》と名乗っていた。

十五

さらに翌日——つまりは夜の河原に人を集めた翌々日。

昼前の吾妻橋にて、茂兵治と辰ノ輔に声をかけてくる者がいた。

「茂兵治殿、使いでござります」

本所の廻り方同心、犬塚研十郎である。——その手には、小さく折られた紙が一枚。

「なンだァ、コイツは？」

「文箱に入っていたものです」

つまりは奉行より届けるよう命じられたものという。

広げると、中には朱墨にて、

——か　に　ひ　ち　あ　さ

とのみ書かれていた。犬塚は茂兵治に訊ねる。

「かにひち……。はて本庄殿、これはなんの暗号なので？　お教え願えますかな」

藍小袖の犬同心は届けた文の中身が気になるらしい。だが赤鬼金太郎は、

「うるせえ。おめえの知ったことじゃねえ」

と、すげなく断った。意地悪ではなく面倒臭がっただけであろう。この男、〝放銭会〟の大仕上げが近いとあって、ここしばらく、ずっとこの調子であった。

「そう言わず、聞かせてくだされ。文をそれがしに渡す際、お奉行は『金を取っておきながら儂を働かせるとはのう』と笑っておられました。いいですか、あのお奉行が

笑っておられたのですぞ？」

「トリカイのジジイだって笑うことくれえあンだろ」

「いいえ。それがしが目にするのはまだ二度目。一度目は先日、本庄殿の前でのこと。——密偵として、ずっと二日に一度はお目見えしておりますのに」

「だから、うるせえってンだよ。知ンねえよ」

ちなみに文の意味、傍らの辰ノ輔にはすぐ解せた。あの夜、河原で話を聞いていたためである。

暗号ではない。あの妖怪奉行も忙しくて横着をしたのだ。

『にひち　あさ』は二十七日の朝のこと。

つまりは三日後。

そして、『か』は……。


翌日、午後。

本所にある小山田主計頭の屋敷では、ちょっとした騒動が起きた。

通りすがりの大八車が、裏口にぶつかり木戸を壊したのだ。——なんでも、引いていた人足は昼間から酒を飲んでいたという。

壊れた木戸は、新しい出入りの大工がすぐに直した。

十六

にひちあさ、つまりは二十七日の朝。

小山田家中の者らは、家来である用人から、奥方、中間、女中、飯炊きの下男に至るまで皆、強張った面持ちとなっていた。

家の主である主計頭も。

ただし、これは今朝始まったことではない。三日前の夜からだ。——反老中派の仲間から『か』が屋敷に来ると知らされたためである。

すなわち、かんさつ。

監察《かんさつ》立ち入り。あるいは金蔵《かねぐら》調べとも言う。

幕府開闢以来の伝統である。公儀の要職に就く旗本が不正をしておらぬか、目付衆《めつけ》が屋敷を抜き打ちで調べるのだ。

頻度は、およそ三月《みつき》に一度。六百石以上の家を、無作為にひとつ選んで立ち入ることとなっていた。当然ながら小山田主計頭は落ち着かぬ。

（なにも心配要らぬであろうが……）

立ち入りなど形ばかり。この制度が始まって二百数十年の間、なにかを見つけたという例など、ほんの数えるほどしか無い。――しかも、いずれも口頭の御叱りのみで済まされている。

そもそも本来ならば抜き打ちなのだ。当人に知らされぬ不意討ちのはず。しかし実際には三日も前に、目付衆のうち反老中派の者から報せがあった。有名無実と化している証しであろう。

（ただ屋敷の中をぐるりと見回るだけと聞く……。あとは『御役目、御大儀にござった』と賄賂に切り餅でも渡せばよかろう）

とはいえ彼も後ろ暗い身だ。なにせ先日、用人見習いの高瀬を消したばかり。万が一を思うと不安でならぬ。

こんなことなら高瀬を屋敷に匿っておくべきではなかった。甲州で殺しておくのだった。――『だれか殺したくなった際にまた使おう』と手元に置いておいたばかりに、こんな心労を抱え込むことになってしまったのだ。自分の吝嗇《りんしょく》が恨めしい。

骸《むくろ》は遠くに埋めさせたが、よもや見つかってなどおるまいな？

(……いや、骸が見つかったならば、すぐにでも捕らえに来よう。むしろ監察立ち入りが来るのは、むくろが見つかっておらぬということなのだ)

昨夜もろくに眠れずにいたが、朝も五つとなってから、やっと腹をくくることができた。

——やがて、目付衆が屋敷にやって来る。

人数は七、八名であったが、目付自体はふたりのみ。残りは手下《てか》の役人や家来衆であるという。

ちなみにふたりのうち、片方は老中派、もう片方は反老中派であった。閥と関係なく公正に監察ができるようにとの配慮。——つまりは、なにもできぬということだ。

「これはこれは御目付殿……。御役目、御大儀にござりました。これは些《いささ》かながら御《お》草履代《ぞうりだい》にて、おひとつずつ」

主計頭は焦りから、本当であれば帰り際にすべき挨拶をしてしまった。たった今来たばかりというのに。不仲の閥同士の目付ふたりは、思わず顔を見合わせる。

「草履代はあとでよい。まずは蔵を見せてもらうぞ」

「は……。そうでございましたな」

蔵を見せろと言われ、主計頭は胸を撫で下ろした。

屋敷の蔵に、見られて困るものなど無い。余計なものが見つからぬよう、昨日の夕までずっと片づけを繰り返させた。——そもそも彼は、さほど財を持ってはおらぬ。集めた金子は、ほとんど賂として配っていた。もとから裕福な旗本の家に生まれた彼は、財よりも幕府内での立身出世こそを望んでいたのだ。

「では、こちらに」

目付たちを、屋敷裏の蔵へと案内《あない》する。

そして自ら錠前をがちゃりと開ける。気のせいか、昨日より鍵は滑らかに回った気がした。——と同時に、

「なんだ、この臭いは……!?」

そう声を発したのは、反老中派の方の目付であった。だが老中派の方も思いは同じであったろう。そもそもからして小山田主計頭も驚き、袖で鼻を覆っていた。

蔵の扉が開いた刹那、ぷうん、とただならぬ臭気が一同の鼻を衝いたのだ。

開ける前から妙な臭いはしていたが、蔵というのは古物を収めていることもあり、どこも佳《よ》い香などはしないもの。——とはいえ、これは常軌を逸していよう。

おそらくだが、この臭いは……。

「主計頭殿、中を見せよ！」

蔵の中には、主計頭の見慣れぬ長持《ながもち》がひとつ。これが臭気のもとであった。

まるで舌切り雀《すずめ》のつづら。目付たちが蓋を開けると、中から出たのは――、

「やはり……。屍の臭いであったか！」

死体の臭い。それも墓場や葬式で嗅ぐのを、うんと強烈にしたものだ。

長持の中身は、腐りかけの屍であった。

死後五日は経っていよう。むごたらしき形相から非業の死だと見てとれる。

「主計頭殿、これはどういうことであるか！」

「い……いや、存じませぬ！　皆目見当もつきませぬ！」

なぜ、ここにあるかは本当に存ぜぬ。

しかし、だれの屍であるかは知っていた。

用人見習い、高瀬長左衛門。――遠くに埋めさせたはずの骸であった。

「見よ。この屍、口になにやら咥《くわ》えておるぞ」

さすがは公儀の目付衆、なかなか肚《はら》が座っている。これが町人やそこいらの武士で
あれば腰を抜かしていたであろう。

目付らは多少怯《ひる》みはしたものの、臆《おく》することなく死者の咥えていたものを取り出す。

それは半紙を丸めた玉であった。

数はふたつ。蓋を外され口腔からは腐臭が漂う。

紙をぱりぱり広げると、まず一枚目は蚯蚓ののたくったような文字にて、

『――うたれてやりたかった』

の、ただ一行のみ。もう一枚には――。

自分が毒を盛られたこと。

盛ったのは小山田主計頭の家来であること。

かつての上役である望月平重を殺したのは主計頭の指図であったこと。

――などが、一枚目よりはましな筆書きにて記されていたのだ。

さらに懐には、賂のやり取りを記した帳面があった。

「主計頭殿、これはどういったことであるのか⁉」

「だ……だから、存じませぬ！　本当に、本当に知らぬのです！」

嘘《うそ》ではない。文も帳面も初めて見た。このようなもの知るよしもない。

いや、それよりむくろだ。なぜ蔵にある？

(祟《たた》りで、土から這《は》い出てきたとでもいうのか？　いや……)

この天保の世だ。祟りなど信じていては嗤《わら》われよう。――今起こっているのは、もっと質《たち》の悪いこと。

すなわち陰謀。何者かが自分を陥れたのだ。

「これは謀！　それがしの敵が……御老中の閣が、謀《はか》ったのでございます！」

口にしてから、しくじったと気がついた。

目付のひとりは、その老中派。聞き捨てならぬ。

もうひとりの反老中派の目付も、聞かなかったふりなどできぬ。捨て置けば、それ自体が老中派と反老中派が揉める種となろう。

——いや、それを抜きにしたとして、どうして見逃すことなどできようか。

死体がひとつ、蔵の中に転がっているというのに。

毒で殺されたという屍が。小山田主計頭の犯した罪の証拠を抱いて。

「主計頭殿……。おそらく貴殿の申したように、これはなにかの謀であろう」

これを口にしたのは、仲間であるはずの反老中派の目付であった。

「おお、わかっていただけましたか！」

「うむ。たまたま監察立ち入りをしたら蔵で屍が見つかるなど、面妖《めんよう》が過ぎるというもの。ありえぬこと」

「おお！」

よかった、さすがは同閥。すぐに謀だとわかってくれた。

旗本二千二百石の顔にかかった暗雲は、ぱあっと一旦晴れたものの——、

「——しかし、である」

続く言葉で、再び絶望の淵《ふち》へと蹴落《けお》とされた。

「謀といえど屍は本物。これほどまでに派手な事柄、さすがに調べぬわけにはいくまい。この一件、我ら目付衆で預かろう」

そうなのだ。この件、謀略、調略としてはあまりに大味、大雑把。——しかし、あまりに派手すぎる。小細工したとて死体は残る。

しかも別々の閥の目付ふたりに、手下の役人や家来衆にまで見られては、もはや揉み消すことも無理であろう。

（こんなときのために高瀬めを飼っていたというのに……。あやつの腕なら、この場で全員まとめて斬り殺し、黙らせることができたはず）

小山田主計頭は、すでに思考に混乱を来たし始めていた。その高瀬を殺したからこその今の事態となっているのだ。

しかも同閥の方の目付から、さらに無情な一言が放たれる。

「心配無用ぞ。我ら目付衆の名に賭《か》けて、公正千万に調べよう。——この屍が貴殿の知己の者でなく、また紙玉に書かれていたように毒で死んだものでもなく、さらには

帳面の中身が嘘偽りと確かめることができれば、むしろ疑いを晴らす証しとなろう」

無体なことを。

むくろは刺客用の用人見習いであるし、死んだのも砒毒のため。帳面もどうせ本物であろう。死体と同じ顔色の主計頭に、目付は無情に言い放つ。

「さもなくば……貴殿、身の周りを片づけておくがよい」

つまりは、切腹を命ぜられようから身辺の整理をしておけ、というのだ。

これまで幾人もの者を殺させてきた小山田主計頭忠孝であったが、初めて自ら手を汚して殺すのは、どうやら自分自身となるらしい。まこと皮肉なものであった。

十七

高瀬長左衛門の屍を運び込んだのは、女親分〝阿弥陀のミツ〟が雇ったもと盗賊どもである。

夜中のうちに〝ノコ久〟の細工を使って裏木戸を開け、長持を蔵に入れたのだ。

「マ、ほとけサンを使ったのは罰当たりだったかも知ンねえが、チョウの字は喜んでっだろ」

「かもしれませんな」

その日の午後すぎ。――茂兵治と辰ノ輔は、いつもの吾妻橋西岸浅草側たもとの番屋にいた。

長持の調略が見事成功したとふたりが聞いたのは、つい四半刻前のことである。

屍の入った長持は二十貫を越す重さ。

もと盗賊どもはさんざん不平を漏らしていたが、これこそが――この自らの屍こそが、茂兵治の言うところの『チョウの字は、もういっこデケぇ道具を遺してくれたのさ』のデケぇ道具であったのだ。

耳をすませば、表を通る町人たちの声が聞こえた。


「――聞いたか本所の小山田サマの屋敷。大騒ぎらしいぜ」

「――オウ、なんでも切腹を申し付けられたんだと？」

「――ははッ、俺ゃあ見てきたぜ。泣き喚《わめ》いて大騒ぎしてやがった。お武家のクセにみっともねえ」

巷の声は風より早い。辰ノ輔たちですら先ほど知ったばかりというのに、もう噂になり始めていた。

「しかし茂兵治殿、上手く行ってよかったですな」

「はン、たりめえだ。俺の謀だからよォ、上手くいくに決まってらァ」

「はは……。実をいえば拙者、ずっと疑っておりました」

こんな大雑把な調略、本当に成功するのかと。

だが実際、上手く行った。——これは南町奉行、鳥居甲斐守耀蔵が力添えしてくれたからでもあった。

小山田主計頭の屋敷に、監察立ち入りが入ったのは偶然ではない。

茂兵治の集めた五百両のうち二百両を、奉行が賂として配った結果である。

本当は別の屋敷に立ち入りするところを強引に変えさせたのだ。それも間に別の者を何人か挟み、だれの差し金であるかわからぬように。

小山田主計頭も賂を配る名人として閥内で重宝されていたと聞くが、それを上回る達人も千代田のお城内《しろうち》には居る。——だれあろう鳥居甲斐守であった。

「しかし、本当によろしかったのでしょうか？　結局は賂の力を使って、人の命を奪うなど。これでは小山田主計頭と同じではありませぬか」

「マアな。たぶん正しいことじゃねえ。——けど、これは身から出た錆《さび》てぇモンよ」

もし罪なくば、こんなことにはならなかった。

もし罪があろうと高瀬を殺さねば〝銭もへ〟を敵に回さなかった。

もし罪があり高瀬を殺していようと、反老中の閥内でもっと上手く振る舞えていれば、周りから庇ってもらえ、死だけはまぬがれたかもしれぬ。

「とどのつまりは野郎がワリィ。派手に袖の下を取って、派手に袖の下を贈って、銭を汚くしやがった。――汚え銭があるンじゃねえ。銭を汚くするヤツがいンのさ」

つまりは、この赤鬼金太郎が言うところの『銭を泣かす』というやつか。

銭を泣かす者は、報いで銭に泣かされる。――小山田主計頭は、だから腹を切ることになったのだ。

「いいからタツスケ、銭を数えな」

「は……。やっております」

格子のついた奥の部屋。同心ふたりと番太頭の末蔵は、床いっぱいに銭を並べて数えていた。これは〝放銭会〟で集めた五百両の余りである。

目付衆への賄賂に二百両、もと盗賊を雇うのに二百両。――残り百両もいろいろ使った。〝ノコ久〟に払う日当や細工の材料代、高瀬長左衛門の屍をしばらく置いておいてもらうための寺への礼金、長持の代金。

それからおふが婆《ばあ》たち、屍を見つけてくれた夜鷹たちへの礼もある。おふがには銭を与えるだけでなく入れ歯も買ってやるらしい。――こうして気前よく振る舞うことで、次も屍を見つけたときに報せてもらえるのだという。

いろいろ差し引き、残りはおよそ十両あまり。

(苦労の割りに、たったこれだけ……。いや、いかん。なにを言っているのだ。十両といえば大金ではないか)

ずっと五百両だのなんだのと巨額の話ばかりをしたためだ。十両がはした金に思えていた。

(銭の重みを思い出せ。一両稼ぐのにどれほど働かなければならぬのか……。忘れては、それこそ銭が泣くというものよ)

ほんの数日で十両生み出すことができたのだ。恩の字というものであろう。

「それで、この十両が茂兵治殿の稼ぎとなるのですか?」

「は? 莫ぁ迦、タツスケ。なに言ってやがる」

〝銭もへ〟茂兵治は、数え終わった十両余のうち、五両を番太頭の末蔵に。

もう五両を、辰ノ輔へ渡す。

「おめえらが取っとけ。――ただし、ひとり占めすンじゃねえぞ。この件、終わらせンのに多くのやつらから力添えを得たはずだ。この銭で礼をしな。ンで余ったら使わず、いざというときのために取っときやがれ」

まるで上役与力が褒美金を授けるときの言い回し。

末蔵は「へえ、ありがてえ」とだけ礼を言い、金子を躊躇《ためら》うことなく受け取った。

辰ノ輔もそれに倣《なら》う。

「しかし、茂兵治殿はよろしいのですか？　貴殿の稼いだ銭でありましょうに」

「ふン。俺ゃあ、これでいい」

赤鬼はそう言って、余った銭のうち一朱と六文のみを指にて摘まみ、いつもの銭甕に放り込んだ。

「残りもぜんぶ、おめえらで分けな」

「それはどうも……。今の一朱と六文は？」

「利子よ。チョウの字に百両貸したときの利子。――これで全額取り立て終わった」

そういえば〝×〟の店にて、高瀬長左衛門の百両の利子、返し終わるまで残りわずかと言っていた。それが一朱六文か。

つまりは、この〝銭もへ〟、このたった一朱六文のためだけに二千二百石の旗本をひとり切腹に追い込んだのだ。

「へへ。これで俺の評判も上がるってモンよ。ほんのはした金だろォと〝銭もへ〟からは逃げられねぇってな」

「……そうでございますな」

辰ノ輔にはわかる。

百両の利子、残り一朱と六文は、高瀬長左衛門の生き様そのもの。

あの貧しき刺客剣士が、いかに誠実なる心根の持ち主であり、いかに己の罪に苦しんだか。その証しが残った一朱六文という額なのだ。

茂兵治は朋輩《とも》として、その一朱六文をないがしろにはできなかった。だから、なんとしてでも取り立てたに違いあるまい。

(泣いていたのは銭でなく、この御仁であったのだな)

それくらい、とっくにわかっていたのだが……。

「オット、そろそろ夕の客が来る刻だ。タツスケ、末蔵、銭を仕舞え。橋に出ンぞ。——貧乏人どもとお銭チャンたちが、この〝銭もへ〟を待ってやがンぜ」

この日、最初の夕の客は、奇しくも望月平八であった。

「オウ、モチへー。久しぶりじゃねえか」

「それがしは毎日来ております。〝銭もへ〟殿が橋にいるのが久しぶりなのです」

言われてみれば、ここしばらく小山田主計頭のことで忙しく、金貸し業は末蔵に任せっきりとなっていた。

平八は高瀬の屍を目にした日のうちに刀をふたたび質に入れ、すでに十両返したという。——その後は利子のヒャクイチ一日分の四百文を少しずつ、毎日ざる売りとして夕になるたび返しに来ていたのだとか。

これまた奇なる因縁である。すぐに元金は返したのに、大金を借りたゆえに利子のみ返し続けるというのは、まるで高瀬長左衛門。かつての仇のようではないか。

だが『奇なる』というなら、それよりも……。

「平八殿、頭を変えたのだな？」

「頭？　ええ、佐々木殿。髪結いは勿体《もったい》ないので自分で結っておりますが、おかしいでしょうか」

「いいや、似合うぞ」

頭を町人髷に変えていた。この若者、もう武士の望月平八ではないらしい。

「オウ、へーハチ。ざるなんて使うアテはねえが、チョイといいことがあって機嫌がいいンだ。祝儀に一枚買ってやら」

「いいえ、あいにく本日は一枚残らず売り切ってしまいましたゆえ。——それに、使わぬというなら買っていただかずとも結構。仕入れ先がよいためか、それがしの売るざるは評判がよく、皆が喜んで買ってくださいます」

「へへ、言うじゃねえか。ンじゃ、いいや。おふくろさんを大事《でえじ》にしな」

「無論のこと。では、これにて」

まるで憑《つ》き物が落ちたかのよう。

見上げれば、連日の曇り空は晴れ、真っ赤な夕日が目にまぶしい。

甲州から来た仇討ち侍は、まるでもとから年相応の江戸っ子であったかのように空の背負子《しょいこ》で去っていく。

その背中を眺めて茂兵治は、にいいと肚の底より歯を剝いた。

「見ねえ。銭が笑ってらァ」

「そうですな」

〝放銭会〟の銭供養はこれにて仕舞い。

小脇では甕がじゃらじゃらと鳴っていた。

十八

小山田主計頭は腹を切るのを拒んでいるという。

切腹の機を与えたのは、反老中派の目付による温情だ。今死ねば、ことは当人のみで済む。――しかし屍や帳面の探索が進み、主計頭の罪が明らかとなれば、小山田家二千二百石の取り潰しは免れまい。

ならば腹を切った方が得というもの。あの男には子がおらぬそうだが、駆け込みで親戚でも養子にすれば家名は続く。

武士であらば選べる道はひとつのみ。いずれ悪足掻《わるあが》きもやめるであろう。

小山田家の用人たちは、町奉行所に預けられた。

屍の咥えていた文の通りであるならば、毒を盛ったのはこの者たちだ。

本来、武士を取り調べるのは目付衆の役目であるが、用人や家来までは手が回らぬため、慣例として町奉行所に任せることとなっている。

今日は二十八日。まだ月番は南町。

冷酷非情で知られた南町奉行鳥居甲斐守耀蔵のもと、過酷な責めが待っていた。

〝放銭会〟で金子を出した者たちは、いずれ少なからぬ利を得られよう。中でも本所のもんじゅ屋は、町奉行の鳥居甲斐守耀蔵を通じて、老中閥の土木工事の利権に食い込むことができたという。巨額の富を得るかもしれぬ。

望月平八は武士を捨てた。

母たきはこれからも〝質ふじ〟で女中を続けるという。

佐々木辰ノ輔は、〝放銭会〟の夜に妖怪奉行の語った話を思い出す。

いずれ刀と武士の世は終わり、銭と商売の世になると。——こたびの一件、『仇討ち』という武士の在り方に係わることから始まったというのに。

釈然とせぬ思いはあったが、奉行の言うように、世の変わり目で困窮する者らを救うのは〝銭もへ〟茂兵治のような男のはず。それには辰ノ輔も納得であった。

あの赤鬼金太郎、悪徳で粗暴なれど優しき男。人々のためになる男であるのだ。

その日、辰ノ輔は吾妻橋で夕の客の相手をしたのち八丁堀の屋敷へ帰った。

帰るのは何日かぶりのこととなる。〝放銭会〟が始まって以来ずっと忙しく、一度服を着替えに立ち寄ったきりであった。

「佳代殿、開けてくだされ」

声をかけるや、ほんの三つ数える間もなく戸が開き、

「まあまあ、辰ノ輔様！　よくお帰りくださいました！」

と十七の義妹が、その場でぴょんぴょん飛び跳ねながら彼の帰宅を喜んでくれた。

この早さ。まさか、ずっと玄関前で待っていてくれたとでも？　――いや、さすがにそれはあるまいが、喜んでもらえて嬉しいやら、ずっと待たせて申し訳ないやらだ。

「佳代殿、留守続きにして申し訳ござらぬ」

「あら、なにをおっしゃるのです。御役目で留守にしておられたのですから、もっとお威張りくださいませ。――すぐにお夕餉の用意をいたします」

なんたる健気《けなげ》。やはり同心の義妹の鑑であった。

夕餉は、白身魚の味噌漬けと菜っ葉の漬物。味は濃く、疲れた体に染みるよう。

辰ノ輔は、屋敷で飯を食う幸せに浸っていたが――、

「ところで御役目、やっぱり茂兵治様とご一緒だったのですか？」

この義妹、急に飯が不味《まず》くなることを言う。

(いや、妬《や》くのはお門違いか……。やはり佳代殿、茂兵治殿を好いておるのだ)

仕方あるまい。自分もこたびの一件で、あの赤鬼のことをより深く知ることができた。

本庄茂兵治は、よき男。――あの人物ならば佳代を任せることができよう。

むしろ佳代、よくぞあれほどの男を選んだ。悔しいが義兄としては誇らしい。

「佳代殿……。茂兵治殿は立派なお方です。あのような御仁の妻となられる方は、さぞかし幸せであられましょうな」

辰ノ輔は、己が負けを受け入れることにした。佳代を諦め、あの赤鬼金太郎のもとへ嫁に行くのを認めると。

だが、さすがに唐突であったようだ。佳代はただ、

「まあ、そうなのですか？」

と、顔をきょとんとさせるのみであった。

(意味が伝わらなかったか……。それとも、やはり拙者の早とちりで、別に茂兵治殿に気は無いというのか？　いやいや、虫のよい望みを抱くべきではあるまい。佳代殿の迷惑というもの。いや、しかし――)

味噌汁をすすりつつ、空回りの思索を巡らせていると、

「ところで辰ノ輔様、少々気になっていたのですが」

佳代が話を変えてくれた。ありがたい。頭が焼けるところであった。

一旦、茂兵治のことは忘れ、佳代との語らいを楽しもう。わざわざ急いで諦めることもあるまい。そう思っていたのだが――、

「なんでしょう？」

「はい。先日、辰ノ輔様を訪ねて何人かのお客様がこちらにお見えになられたでしょう？　そのときに居られた、派手なお着物の方のことで……」

話は変わっていなかった。派手な着物といえば赤鬼の頭をかち割る金太郎〝銭もへ〟本庄茂兵治ではないか。

やはり、あの男が気になるか？　果たして、なにを聞こうというのか？

「あのお方、腰に十手を差しておられましたが、やはり廻り方の同心様なのですか？

八丁堀では見たことのないお顔でしたが」

「……なんですと？」

なぜ知らぬ？　幼馴染《おさななじ》みの本庄茂兵治ではないか。

（そういえば茂兵治殿、八丁堀は久方ぶりと言っておられた）

ずっと顔を合わせていなかったのであろう。だから以前と人相が違い、おまけに夜で部屋が暗くて、誰だかわからなかったというわけか。——本当に？

何年と何か月ぶりであるかは知らぬが、年ごろの娘が握り飯を作ってやるほどの相手を見誤るなどあり得ようか。暗いといっても十手を差しているのは見えたのだ。

（だとすれば……よもや別人⁉）

あの男、本当は本庄茂兵治ではない？

なにかの理由で替え玉となり、正体を知られぬために八丁堀に寄りつかぬようにしていたとでも？

そのようなこと可能であるのか？　奉行や与力、他の同心たちは知っているのか？

（あの御仁のこと、ここしばらくで深く知れたと思っていたが……）

南町奉行所廻り方同心、本庄茂兵治。人呼んで〝銭もへ〟。

まだまだ謎《なぞ》多き男であった。

本書は時代小説文庫（ハルキ文庫）の書き下ろし作品です。

文庫 小説 時代

い 31-1

金《かね》貸《か》し同《どう》心《しん》

著者 伊藤尋也《いとうひろや》

2024年11月18日第一刷発行

発行者 角川春樹

発行所 株式会社 角川春樹事務所

〒102-0074 東京都千代田区九段南2-1-30 イタリア文化会館

電話 03(3263)5247[編集] 03(3263)5881[営業]

印刷・製本 中央精版印刷株式会社

フォーマット・デザイン＆シンボルマーク 芦澤泰偉

ISBN978-4-7584-4674-7 C0193

http://www.kadokawaharuki.co.jp/[営業]

fanmail@kadokawaharuki.co.jp[編集] ご意見・ご感想をお寄せください。